가볍게 생각하고
가볍게 지나가기

가볍게 생각하고
가볍게 지나가기

가볍게 사는 것의 중요성

　높은 구두와 높은 빌딩, 명망 있는 결혼, 사람들이 만든 틀에 찍어낸 로망이 나의 꿈이라고 생각한 때가 있었다. 틀에 찍혀 나온 삶을 쫓기 시작하니 남들이 부러워하는 명함을 가지고 있지 않은 나 자신이 참 원망스러웠다. 아침마다 10cm 구두에 올라타는 일이 나를 높여줄 거라 생각했지만, 애를 쓰고 노력해도 꿈꾸는 로망에 가닿지 않는 현재의 나 자신, 다니는 회사, 처한 상황, 내 삶의 모든 것에 자꾸만 눈물이 났다. 열심히 올라타고, 졸라매고, 누군가를 따라잡아도 퇴근길엔 언제나 무거운 한숨과 명품가방이 내 삶을 짓눌렀다. 내 삶을 이루는 모든 것들이 무겁게 느껴지니 작은 선택, 중요한 결정 하나 하기가 어려웠다. 더 이상 나 자신에게 실망하기 싫었기 때문이다. 하지만 이상하게도 실패하지 않으려 할수록, 붕어빵 같은 꿈에 닿으려 할수록 내가 원하는 것과 반대로 흘러갔다. 내가 원하는 삶이 아닌 그냥 정해진 삶을 좇으려 한 탓이었다. 오랫동안 내가 좇아온 그 삶이 내가 원하는 삶이 아니란 걸 알게 된 건 어느 퇴근길의 무거운 가방 때문이었다. 무거운 가방 하나를 내려놓고 보니 구두도, 결혼도, 대기업도, 내가 원했던 것이 아닌 이유 없이 좇아온 것들이었다. 어떤 것을 욕심내기 전에 나에게 물었어야 했다. 네가 진짜로 원하는 거냐고.

그 후 흉내만 냈던 무거운 모든 것들을 하나씩 버리기 시작했다. 내 몸을 옥죄던 빨간 원피스도, 높은 구두도, 결혼에 대한 수많은 로망도, 남들의 이목에 맞춰 들어갔던 회사도, 보기 좋은 인맥도, 거창한 꿈도, 열심히와 욕심까지 모두 버렸다. 내 삶은 내가 원하는 대로 살겠다는 아주 가벼운 로망 하나만 남기고.

삶을 가볍게 대하자 사는 게 조금 재밌어졌다. 작가라는 호칭, 더 높은 연봉, 좋은 회사, 좋은 인맥, 반짝이는 눈빛, 나를 향한 응원 등등. 지금은 그때보다 더 나이를 먹었지만 출퇴근이 예전처럼 무겁지 않다. 더 이상 '나는 왜 이렇게밖에 못살지'하고 생각하지 않는다. 남들이 예쁘다고 하는 옷을 입지 않지만 그런 내가 좋다. 더 이상 이를 꽉 깨물지 않는다. 평균에 비해 많은 돈을 벌지 못하는 내가 부끄럽지 않다. 무엇보다 대기업에 다니는 것과는 비교도 안되게 중요한 내 삶의 치트키를 알아냈다.

　'여러 가지의 나로 가볍게 사는 것'

　가볍게 생각하고, 가볍게 산다고 말하면 '대충' 사는 거라 생각하기 쉽지만 일상 속에서 나를 위로하고 '살 맛'나게 만들어주는 것들은 가볍고 사소한 것들이다. 예상치 못한 사람으로 인해 큰 위로를 얻을 때, 오랜만에 만난 친구가 아무 이유 없이 내민 꽃다발에 다시 시작할 힘을 얻을 때.

　가볍게 사는 건 나를 긍정하는 일이다. 내가 만약 '반드시 작가가 되어야 한다.'는 생각으로 글을 썼다면 작가가 되지 못했을 것이다. 내 삶의 선택과 실패들을 가볍게 대하는 것은 한없이 부족한 내 모습 그대로를 인정한다는 긍정적인 태도이며, 타인의 인정 없이도 자신을 사랑할 수 있다는 뜨끈한 위로이다.

내가 좋아하는 것을 가볍게 시작하고, 실패를 가볍게 지나가고, 또다시 가볍게 시작하다 보면 그 경험들이 쌓여 오직 나만의 시선이 될 것이다. 이 책을 읽는 사람들도 가볍게 시작하고 가볍게 즐기며 오직 자신만의 이야기를 만들어가길, 자신이 좋아하는 모습으로 내일을 가뿐하게 시작하기를 바란다.

   2021년 여름 가볍게 사는 아도르로부터.

02
가벼울수록 커지는 행복

01

가볍게 생각하는 연습

그냥 한 판을 깨는 것

저는 게임을 정말 못합니다. 못하니까 싫어하겠죠. 자꾸 지니까 꼴도 보기 싫더라고요. 그런 제가 딱 하나 좋아하는 게임이 있는데요. 테트리스도 아닌 '사천성(상하이마작)'이라는 게임입니다. 카드놀이 같은 건데, 같은 그림의 패를 연결해서 카드를 없애는 게임입니다. 이 게임을 제가 왜 좋아할까요? 잘해서는 아닙니다. 등수랑 상관없이 이 게임은 싫어질 만하면 한 단계씩 올라갑니다. 19판 실패하고 짜증이 밀려올 만하면 한 판을 깨는 거죠. 그렇게 '한 판만 더' 하다 보니 밤을 새우게 되는 겁니다. 이게 도박의 심린가요.

19번 같은 판이라니, 진짜 더럽게 못하죠. 근데 저는 이상하게 이 게임은 재밌더라고요. 하트만 많으면 언젠가는 한 판을 깰 수 있거든요. 잘하는 사람보단 느리지만 한 판 한 판 깨 가는 재미가 있더라고요. 속도는 관계없이 그저 묵묵히 내가 즐기면 되더라고요. 가끔 등수 같은 걸 눌러 보면 친구 중에 엄청 점수 높은 친구들이 있어요. 명예의 전당 이런 거. 그걸 보고 저는 '아, 얘를 깨야겠다.'가 아니라 이런 생각을 합니다. '아, 얘도 어지간히 심심하구나.'

이런 제가 못하고 싫어하는 게임이 있어요. 카트라이더나 자동차 경주 같은 긴박한 거 있잖아요. 배경음악이 심장 엿가락 만들고 지면 죽을 것같이 쫄리고 그런 게임 말입니다. 당장 짧은 순간에 장애물도 피하고, 벽에 부딪히고, 저 차에서 보내는 물 폭탄 터뜨리면서 빨리도 가야 하는데 메달도 먹어야 하고요. 막 정신이 없어요. 근데 또 사천성을 지루해하고 이런 긴박하고 쫄려 죽을 것 같은 게임을 즐기는 친구들이 있어요. 저랑 안 맞아요.

자, 여러분. 저는 게임만으로도 제가 어떻게 살아야 할지 알겠더라고요. 저는 속도를 포기하고 방향을 주시하면서 한 번에 한 걸음씩 해나가는 스타일이더라고요. 사는 게 더 힘든 스타일 있잖아요. 똑같은 점수가 되려면 잘하는 애들이 2판 할 때 전 19판 해야 하거든요. 근데 19판 하는 동안 다른 사람과의 비교나 장애물 같은 게 없으니까 그냥 몰입하는 거예요. 희한하게 그래요. 아, 진짜 난 게임에 더럽게 소질 없네. 안 해!!! 하고 생각하는 순간 정말 신기하게 한 판을 깹니다. 그저 내가 한 판을 깨는 것에 몰입하는 거죠. 왜 결국 한 판이 깨지는 걸까요? 몰입을 하면 제가 19판을 하는지 29판을 하는지 카운트하지 않거든요. 한 판이 깨질 때까지 나도 모르게 하게 되는 거죠. 이렇게 깨다 보면 또 1등인 친구가 잠시 쉴 때 제가 친구의 등수를 깨기도 합니다. 그렇게 보면 지금 당장 친구에게 게임 몇 판, 아니 몇십 판 지고 있다고 해도 크게 문제 될 것 없죠. 그냥 내가 게임을 즐기는 거니까요.

삶이 그런 거 같아요. 가끔 둘러보고 비교할 때도 있겠지만 '일단 나의 한 판을 깨기 위해 몰입하는 것'

온종일 게임을 할 때도 있고, 쉴 때도 있고, 내가 쉴 때 친구는 점수를 쫙쫙 올리기도 하고, 그 친구가 쉴 때 또 제가 따라잡기도 하고요. 여기서 진짜 중요한 건 각자 좋아하는 게임이 있다는 것, 딱 하나거든요, 등수가 아니라. 저는 긴박한 게 싫고 뭘하든 오래 걸리는 사람이기 때문에 하트만 많이 모으면 돼요. 근데 제 친구는 사천성은 안 해서 하트는 필요 없고요, 다른 사람과의 경쟁에서 이기는 것이 중요하겠죠. 뭐가 나쁘다 좋다는 없어요. 같은 세상이지만 이 세상을 사용하는 각자의 방법이 다른 거죠. 저는 측면 돌파, 친구는 정면 돌파.

정면 돌파에서 희열을 느끼는 사람이 측면 돌파를 하면 뭔가 답답할 거예요. 반면 저 같은 사람이 정면 돌파를 하면 게임이건 인생이건 다 포기해 버리겠죠.

여러분은 어떤 게임을 좋아하시나요? 속도전? 지능전? 롤플레잉? 파이팅?

삶이 게임처럼 단순하진 않아요. 하지만 적어도 삶 속에서 어떤 게임을 좋아할 것인가는 나의 선택이죠. 어떤 인생을 선택하고 즐길 것이냐, 그리고 어떤 한 판을 얼마의 시간을 들여 깰 것이냐는 오로지 나만의 결정입니다. 즉 각자의 게임인 거죠. 남이 무슨 게임을 하든 나랑은 일절 상관없어요. 1등을 하면 보상이 있겠죠. 하지만 1등은 영원하지 않습니다. 아쉽게도 시간은 흐르기에 평생의 영광이 될 수 없어요. 살다 보면 1등도 하고, 2등도 하고, 친구와 게임에 관한 대화도 하고, 가끔 누가 더 심심한가 훔쳐보기도 하고요. 게임처럼 그렇게 우리 눈앞에 주어진 한판의 삶을 즐기며 하나씩 깨나가는 게 오늘분의 삶을 대하는 방법이 아닐까요.

　무슨 게임을 좋아하시나요? 아직 좋아하는 게임이 없다고요?
　좋아하는 게임을 찾기 위해선 이 게임 저 게임 기웃거리면 됩
니다. 지웠다 까는거 스마트한 우리에게 일도 아니잖아요. 마음
에 들지 않는 게임을 하고 있다면 과감하게 지우셔도 좋습니다.
막상 지우고 나면 생각보다 홀가분한 자신을 발견할 거예요. 마
음에 드는 게임을 찾아 기대도, 등수도 없이 즐기다 보면 대왕
을 쓰러뜨리는 날도 옵니다.
　오늘 당신이 깨야 할 한 판은 무엇이었나요?

99.9%는 내 인생의 타인일 뿐

코로나바이러스의 영향으로 집에서 생활하는 시간이 절대적으로 늘어났다. 처음 집에서 시간을 보내게 되었을 땐 혼자만의 시간을 어떻게 보내야 하는지 막막해서 주말이 올 때마다 고민이 됐지만, 서서히 나만을 위한 주말을 보내는 법을 익혀 갔다. 겨울에서 봄으로, 또 여름으로 계절이 두 번 변할 때쯤 나는 매일 걷는 사람이 되었다. 이제는 정말 살기 위한 생존 체력이 떨어진다는 사실을 깨달은 삼십 대의 끝자락이기도 했다. 다이어트를 핑계로 하루 만 보 걷기를 시작했지만 5개월이 넘게 지속할 수 있었던 건 갑자기 어디서 뚝 떨어진 것처럼 느껴지는 공허한 시간 때문이었다. 점점 늘어나는 공허함 속을 걷기 시작했다.

처음엔 지치고 힘들었지만 지속해서 걷다 보니 걷는 동안 오직 나에게만 집중할 수 있는 게 마음에 들었다. 심장박동, 호흡,

운동화 속 발의 열감, 통증이 느껴지는 곳 등 평소에는 느끼지 못하고 지나치는 내 신체의 반응들에 집중하다 보면 심플하게 생각이 정리됐다. 심장이 너무 빨리 뛰면 멈춰서 쉬어야 하고, 무릎의 통증이 느껴지는데도 무리하게 걸으면 탈이 난다. 한낮의 정리되지 않았던 생각들도 마찬가지다. 걷거나 뛰면서 내 심장박동을 느끼다 보면 '아, 오늘은 내가 무리했구나. 쉬었어야 했는데.'라며 자연스레 복잡한 문제들이 정리됐다. 무리한 호흡을 싫어해 뛰는 것을 죽기보다 싫어했던 내가 가끔은 뛰어 보기도 했다. 덕분에 생긴 마음의 빈 곳이 자꾸만 화가 나는 회사원인 나를 위로해서 좋았다. 처음엔 퇴근길 복장 그대로 시작했던 걷기가 점점 운동복과 운동화까지 갖춘 제대로 된 루틴이 되었다.

　하루 중 꽤 많은 시간을 걷다 보니 좋은 점도 있는 반면, 도로에서의 걷기란 위험천만한 일이란 걸 알게 됐다. 자전거랑 부딪힐 뻔하기도 하고 사람들과 부딪히는 건 부지기수였다. 사람들과 부딪히지 않고 운동할 장소를 찾다가 집에서 40분 정도 거리에 있는 공원을 이용하기로 했다. 공원에는 항상 사람이 붐볐다. 한정된 공간에서 내 속도를 유지하면서 사람들을 피해 다니는 게 쉽지 않았다. 피곤한 날이 점점 많아졌다. 평생 규칙적인 운동이란 걸 해본 적 없는 내가 겨우 걷는 시간을 좋아하게 되었는데, 또 새로운 벽에 부딪힌 기분이었다. 가끔 따라나서던 남동생도 그 공원에만 가면 사람들을 피하느라 스트레스 받는다며 걷기를 포기했다. 그런데도 나와 상관없는 많은 사람 때문에 나의 '걷기'를 쉽사리 포기하고 싶지 않았다. 그렇게 무리해서 사람들을 피해 길의 가장자리에서 걷던 어느 날 발을 헛디뎌 넘어졌고, 인대가 늘어나 반깁스를 하게 되었다. 그 후로 사람이 많은 곳은 쳐다보기도 싫었다. '운동을 하면서까지 많은 사람에게 치여 스트레스를 받아야 하나?' 하는 생각이 들며 나가는 것 자체가 싫어진 것이다.

사람들과 씨름하며 억지로 관계를 위해 노력하는 것은 평일만으로도 충분하기에 내 주말만큼은 관계 속에서 해방된, 온전히 내가 원하는 시간을 보내자고 마음을 먹었었다. 사회적 거리두기로 인해 좋아하는 사람들을 자유롭게 만나지 못하는 건 조금 아쉽지만, 한 달 내내 약속이 없어도 '관계에 뒤처질까?' 하는 쫄림을 받지 않아서 은근히 편안해진 참이었다. 편안한 차림으로 여름밤을 누리며 자유롭게 걷고 싶었지만 어딜 가도 사람들이 붐벼서, 실상은 누구도 내 차림과 생김새에 관심이 없다는 것을 알면서도 자꾸 사람들을 의식하게 됐다. 많은 사람 때문에 의식하게 된 건 복장뿐만이 아니었다. 숨소리, 속도, 경로, 움직임과 같은 길 위에서의 모든 것들이 신경 쓰였다. 한번은 우리 엄마뻘의 아주머니께서 최저속도로 뛰고 있던 나를 굳이 잡아 세워 이런 말씀을 하셨다. "아니 아가씨, 다른 사람들 다 걷고 있는데 혼자 뛰면 어떡해? 아무리 공원이라도 말이야." 그 공원에서 뛰고 있는 사람이 나만은 아니었지만 특별히 내가 마음에 들지 않으셨던지 역정을 내시는 거다. 납득이 되지도 않고 죄송한 마음도 들지 않았던 나는 "아, 네."라고만 답한 후 얼른 공원을 빠져나왔다. 사람들이 하는 모든 말과 눈초리를 신경 쓰다가는 어디서도 운동을 못 하겠다는 생각을 하면서.

집으로 돌아오는 길에 그런 생각이 들었다. '저 상관없는 많은 사람을 의식하느라 내가 원하는 길을 걷는 게 아니라 사람들을 피해 다니고 있었구나. 내 인생에 전혀 영향력을 행사하지 못할 99.9%의 타인들을 의식하느라 스트레스를 받고 있구나.'

인생에서, 길에서 내 페이스를 유지한다는 게 생각처럼 쉽지 않다. 달리기를 한 번 하려고 해도 운동복, 날씨, 시간, 길의 평탄한 정도, 인파 등 생각하고 고려할 것이 너무도 많다. 그런데도 우리는 하루에 아주 많은 일을 해결하고 처리하며 각자의 인생을 살아 내고 있다. 매일 같은 길에서 99.9%의 수많은 타인을 앞서거니 뒤서거니 하며 오늘을 묵묵히 견디는 것만으로도 어쩌면 엄청나게 대단한 일일지도 모른다. 내 인생과 무관하게 스쳐 지나갈 뿐인데도 수많은 타인을 신경 쓰느라 우리는 너무 많은 생각을 낭비하고 있다.

타인의 경로를 방해하지 않는 선에서 우리는 그저 묵묵히 자신의 길을 가야 할 뿐이다. 타인을 지나치게 의식하다 보면 내 길을 잃어버리거나, 내가 가는 길에 방해가 되는 타인들과 마음 씨름을 하느라 지친다. 가끔 발을 밟거나 양해를 구해야 할지라도 이제는 나의 걷는 시간을 온전히 내가 원하는 길로 가고 싶다. 우리가 가는 길에서 스쳐 가는 수많은 사람은 나의 인생과 무관한 99.9%의 타인일 뿐임을 알기에.

궁금해하지 않고 지나친 모든 것에 미안한 밤

　첫 책을 출간한 후 생각보다 바빴다. 내가 쓴 어떤 글로 인해 TV에 나올 나의 모습을 촬영했기 때문이다. 한 번의 인터뷰로 끝날 것 같았던 촬영은 두 번, 세 번이 되었고 다섯 번째 촬영을 마지막으로 "촬영은 이제 모두 끝났습니다."라는 말을 들었다. 세 번째 촬영을 했던 날 구두를 신었던 나는 발이 너무 아프고 피곤했다. 촬영이란 게 생각보다 어렵고 체력적으로도 힘든 일이었다. 연예인도 아닌 내가 도대체 무엇을 위해 길거리에서, 집에서, 옥상에서, 카페에서, 스튜디오에서 이런 촬영을 해야 하는지 나 자신에게 물을 만큼. 그리고 피디님께 이만하면 되지 않았냐고, 방송국 사람들은 다 이렇게 무리한 요구를 하느냐고, 이 많은 신들이 나오긴 하느냐고 따져 묻기도 했었다. 그래서 촬영을 끝내면 매우 홀가분해질 줄 알았다. 그러나 웬걸.

　'나를 향한 누군가의 궁금증이 끝났구나.'라는 생각에 집으로 돌아오는 내내 섭섭한 마음이 들었다. 촬영을 하는 동안 나는 의외로 즐기고 있었던 것 같다. 누군가가 나에게 질문을 한다는 것은 생각보다 매우 기쁜 일이었다. 이유가 어떻든 누군가가 나에게 계속 관심을 가지고 새로운 질문을 던졌고, 적절한 대답을 찾기 위해 계속 나와 내 주변의 것들을 생각해야 했다. 나에 대해, 나의 소중한 것들에 대해 생각하는 것은 매우 따뜻해지는 일이었다. 나 자신과 내가 가진 생각에 대한 수많은 질문에 대답하면서 느낀 것은 우리가 고민하고 생각하는 것들은 겨우 나와 내 주변, 그러니까 나의 아주 작은 반경 그 안의 것들이라는 사실이다. 나를 둘러싼 것들의 소중함을 새삼 느끼게 되었달까.

굶주려 가는 세상의 모든 아픔이나 세상을 사라지게 할 거대하고도 거시적인 문제가 아니라, 나와 내 친구 또는 내 가족, 그것이 전부이다. 그것들이 내 삶의 전부이고 나를 살게 하는 모든 것이라는 뜻이다. 지금의 나는 사소한 것들에 매우 무덤덤해져 감정이 너무 메말라 버린 건 아닌가 걱정이 들 때도 있지만, 어떤 날은 사소한 것들에 마음이 허물어지기도 하는 사람이라는 사실을 알게 되었다. 나에게 던져진 수많은 질문에 대답하다가 미처 몰랐던 나 자신에 대해서도 많이 알게 되어 촬영이 끝나는 날 섭섭했던 것 같다. 집으로 돌아가는 지하철 안에서 앞으로는 좋아하는 사람들에게 종종 질문을 던져야 한다고 생각했다. 궁금해하지 않는 것, 그것이 제일 슬픈 것이라고도 생각했다. 나는 얼마나 많은 소중한 이들에게 무관심했을까. 궁금해하지 않았을까. 궁금해하지 않고 지나친 모든 것에게 미안한 밤이었다.

친구는 물었다. "TV에 나오는 건 어떤 기분이야?"

TV에 내가 나온다는 건 생각보다 별일이 아니었다. 그런데 나는 그날 조금 어른이 된 기분이었다. 오직 나 혼자 쓴 글 하나로 누군가에게 궁금한 사람이 되었고, 더 다양한 나 자신에 대해 생각해 볼 수 있었기 때문이다.

"작가님께 일이란, 그리고 글이란 어떤 존재일까요?"

"일과 글, 저의 여러 가지 모습 중 두 가지예요. 글 쓰는 제가 일하는 저를 위로하기도 하고 일하는 제가 글 쓰는 저를 돕기도 하고요. 하나의 자아로만 살 때는 자주 불행했었는데요, 자의식이 하나씩 늘어나면서 서로서로 상호 보완해서 때때로 든든하더라고요. 꼭 완벽한 하나의 모습으로 살 필요는 없다고 생각하는 요즘입니다."

질문들에 대한 내 수많은 대답을 듣고 피디님은 연신 이 말을 반복했다.

"그렇게는 미처 생각해 보지 못했는데, 작가님 말을 들으니

저도 생각해 보게 되네요."

　관찰하고, 궁금해하고, 대답하고, 생각해 보는 것.
　이것이 작은 반경을 그리고 사는 우리가 해야 할 모든 것이 아닐까. 이 여름이 다 가기 전에, 가을이 오기 전에 더 많이 궁금해해야지. 엄마의 어릴 적 꿈은 무엇이었는지, 박 대리는 무슨 색깔을 좋아하는지, 문희는 비가 오는 날에 뭐가 먹고 싶은지, 연진이의 건강은 지금 좀 어떤지. 그리고 나의 마음은 오늘 무엇을 향해 있었고, 어떤 것에 힘들었는지.

⋮

　분석하지 말아요.

　물속에 들어가기 전엔 꼭 준비운동을 하는데 그 이유는 활동적 움직임에 앞서 심장의 부담을 덜어 주기 위해서이다. 즉 생명에 지장이 없도록 하기 위해서다. 우리가 하고 싶어 하는 일들을 생각해 본다. 매일 글쓰기, 취미 생활 가지기, 퇴근 후 즐거운 일 찾기, 요리 배우기…….

　역시, 준비운동 없이 무작정 시작해도 될 만한 아주 사소한 것들이다.

　어릴 땐 공부하기 전에 책상을 치우곤 했다. 공부를 해야 한다고 생각은 하지만 썩 좋아하는 일이 아니라 괜히 시간을 때우게 되는 것이다. 하고 싶어 하는 일은 어떨까? 그 일이 내가 즐거워하는 것인지부터 생각해 본다. 즐거워서 하는 일이라면 이제 준비운동을 멈추고 즐겨 보는 거다. 못해도 좋으니까, 대단한 결과가 나오지 않아도 상관없으니까, 그냥 즐기는 거다. 첨벙!

분석과 공부를 멈추고 시작하면 된다.
일단 시작하고 즐기다 보면 저절로 분석이 되고 공부가 된다.
시작은 이렇게 하는 것.

나에 대한 실망을 보듬는 밤

우리에게 일어나는 모든 결과가 혼자만의 노력으로 되는 게 아님에도 사람들은 흔히 어떤 결과가 좋지 않을 때, "그것도 내 능력인데…"라며 자신을 탓한다. 아주 사소한 일에서도 자신을 탓하기 시작하면 끝이 없다. 강연을 할 때에 정해진 시간을 적절히 맞추지 못하는 것에도 '시간을 조절하는 것도 강연자의 능력인데, 나는 자격이 없어.'라며 탓한 적이 한두 번이 아니다. 어느 날 강연이 끝나고 집으로 돌아가는 길 버스 안에서 창밖을 바라보며 끝도 없이 자신을 자책하고 있는 나를 발견했다. '내 강연은 항상 인기가 없구나. 다 내 탓이지 뭐. 누가 내 강연을 들으러 오겠어.' 그러나 성황리에 끝났던 강연 후엔 모든 게 내 덕이라며 나를 칭찬한 적은 없었다. 강연을 기획한 사람, 주제, 참여자의 분포 등 많은 것들이 강연을 구성하기 때문에 좋은 결과가 꼭 내 덕만은 아니라는 생각에서다.

가볍게 생각하는 연습

누구보다 자신에게 실망을 많이 하는 사람, 둘째가라면 서러울 정도다. 자신의 작은 실수 하나에도 실망을 하고 잠자리에 눕기까지 나를 탓하는 마음에 온 신경을 쏟는 사람, 그게 바로 나다. 다른 사람의 실수나 실망에 대해서는 "그럴 수 있지."라는 말을 버릇처럼 하면서 나 자신의 실수에는 인색한 경우를 흔하게 접한다. 사람은 왜 이토록 자기 자신을 함부로 대하게 되는 걸까? 타인에게 하는 노력과 위로의 반의반만이라도 나에게 하며 살면 좋겠지만, 나의 실수나 작은 잘못조차도 쉽게 인정하기 힘들어 자신을 탓하고 부끄러워한다. 다른 사람이 아닌 나라서, 누구보다 잘 해내길 바라는 나이기에.

첫 책을 출간했던 날 친구는 나에게 이런 쪽지를 전했다.

"디자이너 현진이도 자랑스러웠고, 캘리그래피 작가일 때도 자랑스러웠지만 글 쓰는 작가가 된 지금 너무 자랑스럽다. 힘들었지만 그래도 흔들리지 않고 이렇게 또 하나의 결실로 만들어 낸 작가님 대단하고 칭찬해."

친구가 건넨 순도 100%의 위로를 읽으며, 진정성이 담긴 위로를 누구보다 나 자신에게도 해야 한다는 생각이 들었다. 친구가 나에게 했듯 열 개의 위로와 칭찬 중 하나라도 나에게 해 보는 거다. 다른 사람을 위로하듯 말이다.

"그 정도면 됐어. 충분해."
"괜찮아. 실수할 수도 있지, 뭘."
"걱정 마. 넌 정말 괜찮은 사람이야."

　다른 사람에게 쓰듯 나 자신에게 편지를 쓴 적이 있다. 친구가 건넨 쪽지를 보니 지갑 한편에 꼬깃꼬깃하게 접혀 봉인된 그 편지가 생각나 오랜만에 꺼내 보았다.

　생각해 보니 수많은 사람에게 사과를 해오며 살아왔더라고요. 사과를 할 줄 아는 게 어른이라고 생각했으니까요. 그런데 정작 당신에겐 한 번도 사과를 한 적이 없었어요. 정작 자기 자신에겐 좋은 어른이 되어 주지도 못하면서 뭐 그렇게 많은 사람에게 좋은 사람이 되어 주려 노력한 건지. 정말 미안해요. 하지만 이제부턴 내가 당신의 가장 좋은 사람이 되어 줄게요. 그러니 뱃속 든든한 자신감을 가지고 앞으로도 하고 싶다고 생각하는 일들을 계속해 나가길 바라요. 완벽할 수 없다는 걸 머리로는 알면서도 더 잘하기 위해 결국 또 무리하게 되는 당신이 안쓰러워요. 더 잘하려고 노력하지 않아도 돼요. 지금 그대로의 당신으로 충분해요. 열심히 하지 않고, 여유 있게 천천히 가도 된다는 걸 말해 주고 싶어요. 그리고 조금 모자라게, 편안하게 웃으며 가도 된다는 말도 해주고 싶어요. 정말 정말 괜찮아요. 당신이 생각하는 암담한 미래란 어디까지나 불안함이 만들어 낸 허상일 뿐이에요. 좋은 미래가 정해져 있는 게 아니듯 암담한 미래도 정해져 있지 않다는 걸 알잖아요. 알 수 없는 미래는 누구나 불안하니까. 그러니 이제는 천천히, 편안하게 가고 싶은 길을 가기를 진심으로 바라요.

가볍게 쓰기 시작한 편지였는데, 다른 사람을 지켜보듯 제삼자가 되어 나를 생각하니 눈물이 찔끔거릴 정도로 안쓰러웠다. 칭찬도 위로도 해줄 줄 모른 채 자신을 탓하고 채찍질하기만 하는 나에게 제일 먼저 하고 싶은 말은 "미안해"였다. 나에게 쓴 편지를 마치 친구가 준 쪽지처럼 접었다가 다시 펴 읽어 보았더랬다. 그 편지를 읽으며 나에게 가장 좋은 위로는 내가 해주는 인정이란 걸 알게 됐다. 그동안 너무 멀리서만 공허한 위로를 찾으러 다녔다는 생각에 허무해질 만큼.

자신을 채찍질하기에만 급급한 태도로는 언제까지나 자신에 대한 실망만 안고 가야 하지 않을까. 나에 대한 실망 때문에 잠 못 들던 밤들이 생각났다. 늘 자신에게 채찍만 휘두르는 인색한 태도로는 결국 자신에 대한 실망 때문에 밤마다 조금씩 자신을 싫어하게 된다. 삶은 길고 긴 마라톤이다. 타인과 나를 비교하고 채찍질하는 것만이 나를 앞으로 나아가게 하는 것이 아니다. 때로는 잠시 앉아 쉬고, 때로는 몸이 따라 주지 않는 자신을 위로해야만 또다시 걸을 수 있다. 오늘은 나에게 실망하지 말자. 나에 대한 실망을 애써 보듬는 밤, 사랑의 마음을 참지 않는 밤이 되도록 하자. 오늘은 그저 흘러가는 날 중 하루일 뿐이므로. 실망할 날들은 앞으로도 계속될 것이므로.

가볍게 생각하는 연습

⋮

　난 그냥 내가 되고 싶어.

　꼭 좋은 사람이 될 필요는 없어. 어떤 역할에 완벽해야 할 필요도 없어. 우리를 괴롭게 하는 건 늘 완벽한 하나의 존재가 되려 하기 때문이야. 내가 좋아하는 것들을 모아 놓은 나의 서랍처럼 그렇게 살아도 돼. 시인 [잘랄루딘 루미]의 "그대가 사랑하는 것이 그대를 끌어당길 것이다. 그것을 말없이 따라가라. 그대는 길을 잃지 않을 것이다."라는 말처럼 내가 좋아하는 것들을 따라가다 보면, 열기만 해도 기분 좋은 내 서랍 속 같은 삶이 될 거야. 내 서랍 속 공간도, 내 삶 속 공간도 오직 나에 의해 만들어지는 나만의 영역이고 공간이잖아.

나를 흔드는 말 한마디

아침엔 비를 맞았습니다. 다행히 회사가 역에서 멀지 않아 뛰어갈 만했고, 회사에서 제일 좋아하는 동료와 함께 뛰어 외롭지도 않았습니다. 그렇게 하루가 시작되었네요. 점심때까지만 해도 흐린 하늘이었지만 역시 인생은 한 치 앞도 모르는 것. 비 온 뒤 맑게 갠 여름 낮 3시 30분의 하늘은 올해 본 하늘 중 두 번째로 아름다운 하늘이었습니다. 옥상으로 올라가 예쁜 하늘을 보고 맑은 바람을 맞으니 잠시나마 공기에서 여행지의 냄새가 났습니다. 가시거리도 좋아 한강 너머 먼 곳까지 아주 잘 보였습니다. 이렇게 경이로운 하늘을 매일 내 머리 위에 두고도 하루에 한 번 옥상으로 올라가 보지도 못하네요. 회사원인 우리는 아마도 비슷비슷한 일상을 보내고 있겠죠. 하루 한 번 하늘을 쳐다보기도 힘든 일상 말입니다.

오늘은 대표님의 발소리만으로 간담이 서늘해졌고, 잘하고 싶었던 일의 결과로 좋지 못한 말을 들은 날이라 기분이 찜찜했습니다. 그러나 청량한 색감의 예쁜 하늘은 제 귀로 들려오는 노래들을 분위기 있게 돋워 주었습니다. 찜찜하고 심심한 퇴근은 오늘의 예쁜 하늘이 말도 없이 위로해 주었네요.

해는 늘 같은 방향으로 뜨고 지지만 매일의 날씨가 하루하루 다른 하늘을 만들어 내듯 우리 일상도 어느 하나 같은 날이 없습니다. 내 일상이 늘 평화롭고 안전하기를 바라지만 어느 아침엔 예상치 못하게 비를 맞고, 오후 3시엔 아름다운 하늘을 보게 될지도 모릅니다. 이렇게 다른 날들 속에서도 저는 과거의 순간에 머물러 있는 걸 정말 잘합니다. 나쁜 말 한마디를 들었던 그 순간에 머물러 며칠을 지옥에서 지내는 그런 거 있잖아요. 나는 내 일상의 평화를 지키기 위해 애를 쓰며 사는데 너무 쉽게 그것을 깨 버리니 참을 수가 없는 거죠. 평화가 깨지는 순간 애써 온 제 마음이 크게 흔들거립니다. 나는 왜 이렇게 흔들리나, 쉽게 좌절하나, 종종 저 자신을 탓하기도 합니다.

그런데 오늘 하루를 생각해 보니 비가 오지 않는 날에도 비를 맞았던 순간에 머물러 있는 건 정말 쓸데없는 짓이라는 생각이 들었습니다. 나를 흔들었던 그 한마디는 오늘 아침에 맞았던 비 같은 거였어요. 비가 오는 건 제 탓도 아니고 내 계획과는 상관없이 생기는 일이니까요. 비 한 번 맞았다고 흔들릴 필요까진 없는데, 순간의 기분에 빠져 며칠을 지내곤 했습니다.

저는 저 자신과 내가 좋아하는 사람들이 오늘 아침의 비처럼 나쁜 일들을 대했으면 좋겠어요. '아, 비를 맞았구나.', '와, 오늘은 태풍이네.' 하고요. 나의 바람처럼 늘 평화롭고 안전한 날들은 아니겠지만 이 비는 결국 그칠 것이고 오후엔 뜻밖의 맑은 하늘이 나를 위로할지도 모르니까요.

곧 장마가 시작된다고 합니다. 사람들은 언제 내릴지 모르는 비 때문에 오늘을 우울하게 보내지 않습니다. 다음 주에 비가 오든 말든 지금, 이 밤엔 친구를 만나 족발과 치킨을 먹었습니다. 친구의 걱정이 한 스푼 줄어든 것을 축하하는 저녁이었어요. 비를 맞고, 멋진 하늘을 보고, 맛있는 저녁을 먹는, 별것 없는 요일이었지만 오늘 내가 들었던 나쁜 소리에 귀 기울이지 않고 지나갔습니다. 영화 [헬프]에서 한 노파는 쓸모없는 말로 자신을 불쌍히 여기는 어린 여자에게 이런 말을 합니다.

"자신을 불쌍히 여겨서는 안 돼요.

가볍게 생각하는 연습

태어나 살아가는 동안 매일 아침에 눈 뜨면 뭔가 결정을 해야 하죠. 스스로 물어야 한다고요.

오늘도 바보들이 나한테 하는 나쁜 말들을 믿어야 하나? 듣고 있어요?

오늘도 바보들이 나한테 하는 나쁜 말들을 믿어야 하나?

알겠어요?"

⋮

 하고 싶은 일을 잘하지 못하겠을 땐 멈추면 된다. 하던 것을 멈추고 그냥 놀거나, 낮잠을 자거나, 하던 것을 잊는 거다. 그러다 보면 슬금슬금 다시 하고 싶어질지도 모른다. 좋아하는 일이란 건 결국 다시 돌아가게 되는 일이니까. 걱정하지 않아도 된다. 좋아하는 것은 잠시 쉬어도 결국은 하게 되어 있는 일이다

내 인생에만 집중하기(타인과 나 거리 두기)

코로나바이러스, 세상에 죽음의 공포가 번져 나가면서 우리는 비로소 떨어져 지낼 수 있었다. 거리를 두지 않았던 일상 속에선 모르고 싶어도 모를 수 없는 수많은 사람의 행복 전시에 굳건한 마음이 자주 흔들렸다. 나 혼자 외딴섬에 있는 건 아닌가 외롭기도 무섭기도 했다. 그러나 바이러스 앞에서는, 수많은 사람의 죽음 앞에서는, 찰나의 행복 전시가 무의미해졌다. 오로지 나와 가족의 안위에 집중했고, 오늘 하루 무사함에 감사했다. 아무도 만나지 않고 혼자만의 시간을 보내는 것이 하나도 이상해 보이지 않아서 마음이 편했다. 토마토 파스타 하나가 오늘의 유일한 이슈인 헐렁한 하루를 보내도 괜찮아서 너그러웠다.

처음엔 너무 많이 생겨 버린 혼자만의 시간이 무료해서 퇴근 후 지하철역 두 개 정도의 거리를 걷기 시작했다. 오늘 퇴근 시간에는 무슨 음악을 들으며 어느 길로 가 볼지, 어디에서 잠깐

앉아 쉴지, 저녁은 뭘 먹을지, 그날그날의 길에서 만나는 모든 것들이 새로웠다. 그렇게 가다 보면 5km는 거뜬히 걸었다. 내가 먹고 싶은 것, 내가 하고 싶은 것만을 생각하며 혼자 걷는 것은 새로운 곳을 여행하는 기분도 들게 했다. 월요일엔 바나나 주스와 조미 달걀 두 개를 먹으며 다이어트하는 기분을 냈고, 화요일엔 딸기 주스와 내가 좋아하는 샌드위치를 먹었다. 수요일엔 동화 속 세상처럼 길거리에 떨어진 벚꽃을 즐기며 길을 걷다 눈에 들어온 케이크 집에 들어가 바나나 초코케이크 한 조각을 먹었다. 목요일엔 친구와 통화를 하며 걷다가 갑자기 먹고 싶어진 팥시루떡을 찾아 시장 길을 헤맸다. 바로 옆 동네였지만 가 보지 않았던 곳은 새로웠다. 그리고 오늘은 새로 생긴 파스타 가게에서 봉골레 파스타를 시켜 먹고, 마트에서 시음한 맛있는 와인을 한 병 사서 집으로 왔다. 매일매일 5km를 걸은 지 3주 정도가 지나니 '오늘의 걷기'를 즐기고 있는 나를 발견했다. 지나가는 사람들의 수많은 표정, 매일 떠오르는 색다른 저녁 메뉴, 전엔 몰랐던 예쁜 풍경들이 무료한 내 저녁 일상을 다채롭게 만들어 주었다. 그냥 빠르게 이동하는 것이 목적이었던 예전의 퇴근길은 언제나 피곤하고 무료해 SNS 속 사람들의 소식을 굳이 확인하며 나의 불행함을 확인했다. 와인 한 병 살 시간은 커녕 어떤 것에 대해 생각할 겨를도 없이 집에 도착해 무기력한 밤을 보냈다. 내가 선택하는 하루를 살지 못했던 것이다. 나만의 삶을 살겠다고 매일 마음을 먹지만 많은 사람이 살아가는 삶과 거리를 두면 왠지 외로워졌다. 그것은 아마도 내가 좋아하는 것, 내가 원하는 것이 뭔지도 모른 채 남들이 사는 대로 휩쓸려 다녔기 때문일 것이다.

오직 내 인생에만 집중하는 시간이 우리에겐 너무 필요하다. 보지 않으려 해도 자꾸 보게 되는 다른 이들의 행복 전시가 내 삶에 어떤 영향도 미치지 못하도록 내 인생에만 집중하는 시간, 나만의 즐거움이 필요하다. 이문재 시인의 시처럼 밖에도 많은 나를 수집하는 시간, 내가 좋아하는 것들을 천천히 하나씩 알아가는 시간, 온전히 나만을 위해 걷고, 먹고, 살아가는 시간 말이다.

죽음의 공포 앞에서 강제로 갖게 되는 사회적 거리두기가 아니라, 타인의 삶과 내 삶 사이의 거리두기는 언제든 필요하고 중요하다. 혼자만의 시간은 외로움이 1%, 밖에도 많은 자신을 수집하는 시간이 99%다. 그러나 타인의 삶과 즐거움에 포커스를 맞추며 일상을 보낸다면 외로움이 99%, 자신을 알아가는 시간은 1%가 된다.

다시는 온 인류의 일상을 무너뜨리는 공포의 바이러스가 세상을 덮치는 일이 없기를 바란다. 더불어 강제적 거리두기가 아니더라도 나와 내 주변 사람들이 자신의 일상을 여행할 수 있었으면 좋겠다. 바이러스는 물론, 타인의 좋아 보이는 삶에 휘둘리지 않게 자신의 두 발로 각자의 삶을 걸었으면 좋겠다. 우리 주변에 원래 있던 모든 것들이 사실은 가장 소중하단 걸 인지하고 각자 자신의 삶에만 집중하는 튼튼한 마음이 있다면 어떤 위기도 이겨내지 않을까.

가볍게 생각하는 연습

당신의 일방적 요구를 거절합니다

디자인 업계의 농담 중에 '남산에서 돌을 던지면 디자이너가 맞는다.'라는 말이 있다. 그 옛날 실리콘밸리가 붐을 이루고 디자이너에 대한 수요가 높아지면서 한국의 대학에도 너나 나나 디자인과를 신설했다. 그 후 공급 과잉이 된 디자이너들이 대학 담벼락을 부수고 사회로 쏟아져 나왔다. 어릴 때부터 '디자인'이라는 단어를 동경하고 꿈꿨지만, 막상 되어 본 디자이너는 왜인지 모르게 갑을병정 중 '정' 같았다. 대학을 갓 졸업했을 때부터 약 15년이 지난 지금까지도 변치 않는 찜찜함, 이게 바로 '정'의 느낌일까.

인하우스 디자이너라면 어떻게든 누군가의 의뢰를 받아서 작업하게 되는데 암묵적인 갑을병정 관계가 여기서부터 시작된다. 일을 주는 입장과 받는 입장이 되다 보니 한쪽은 일방적인 요구를 하게 되고 다른 한쪽은 그 요구를 받아들여야 하면서 내적 갈등이 시작된다. 게다가 일을 부탁하러 오는 입장에서 그

일에 대한 작업 시간과 일정까지 이미 판단하고 말을 꺼낸다.

"이거 진짜 급한 건데, 오타만 수정하면 되는 간단한 작업이니까 바로 좀 해주세요."

회사에서 눈치 보는 걸 싫어해 없는 일도 찾아서 해야 직성이 풀리는, 유연하지 못한 나는 처음 사회에 발을 내디뎠던 그날부터 지금까지 급하다는 일을 대부분 처리해 주는 편이었다. 짬 내서 해주고, 친해서 해주고, 짬밥으로 해결해 줬다. 내 딴에는 한두 번 일하고 말 사람들이 아닌, 오래 함께 갈 동료들이므로 하던 것도 멈추고 재빨리 그들의 아쉬움을 해결해 주는 것이다. 그런데 내가 그렇게 기꺼이 해결해 주면 대부분 다음번엔 "더 빨리"를 요구한다. 기꺼이 빨리 처리해 줬던 경험은 그들에게 '감사'의 카테고리가 아니라 '이용'의 카테고리가 되는 모양이었다.

내 몸은 하난데 급한 사람은 한두 명이 아니다. '갑'인 대표부터 갑의 '을'인 중간관리자들, 그리고 함께 일하는 동료들조차도 '병'이 되어 서로 자기 일부터 처리해 달라고 요구한다. 화장실을 가려다 않고, 걸려 오는 전화를 받으려다 끊기고, 꼭 사야할 것이 있어 핸드폰을 보다가 구매 버튼을 누르지 못해 내일로 미룬다. 결국, 몇 주에 한 번꼴로 옥상에 올라가 삼십 분 정도의

가볍게 생각하는 연습

소심한 잠적을 하곤 한다.

　디자인의 'ㄷ'도 모르는 갑을병들이 수정을 급하게 요구하고 그 작업의 간단함을 침 튀기며 피력할 때마다 나는 고민했다. 그냥 '정'으로서의 본분을 다할 것인가, 진짜 갑은 작업자임을 상기시켜 줄 것인가. 일을 의뢰한다는 것을 시키고 요구해도 되는 것으로 착각하는 사람이 있는데, 회사 안에서의 우리는 모두 협업의 관계이지 일을 요구하고 받아들이는 관계가 아니다. 건강한 협업은 상대의 일정과 나의 일정을 고려하여 적절한 방법을 찾고 '타협'하는 것이다.

　일을 가지고 오는 이의 접근법이나 태도가 '일방적 요구'이냐 '협업'이냐에 따라 일은 다르게 진행된다. 디자이너이자 과장이 된 지금 나는 예전처럼 급한 일들을 고분고분 처리해 주지 않는다. 10년이 넘게 급한 일을 처리해 주다 보니 그중에 정말 급한 사람은 별로 없었다는 걸 알게 되었기 때문이다.

　그러나 협업의 태도와 거절에 대한 부연 설명을 늘 달고 사는 일은 썩 유쾌하지 않을뿐더러 정말 피곤하고 지치는 일이다. "오늘은 제가 바빠서 바로 해 드릴 수 없고요, 다음부턴 팀 일정부터 체크해 주세요."라고 말하면 열이면 열 이렇게 대답한다.

"제 건 진짜 간단한 건데, 제 거부터 딱 30분만 먼저 하고 다른 거 하시면 안 돼요?" (응 안돼^^) 회사 안에서의 나는 대기하고 있다가 동료들의 급한 용무를 바로바로 처리해 주는 수정 대기반이 아니다. 애초에 타인의 일정은 안중에 없는 태도로 일 처리를 부탁하는 것은 상대의 입장에서는 '부탁'이 아니라 '요구'처럼 들린다. 나는 당신의 일방적인 요구를 오늘도 거절한다.

오늘은 해 드릴 수 없습니다.
당신의 일정 말고 작업자의 일정부터 체크해 주세요.

⋮

　사회적 지위, 체면, 나잇값, 도리, 책임 같은 것들에 얽매여 말 한마디 제대로 못 하게 된 여자가 있었다. 여자는 현재 일어나는 모든 일에 대해 기꺼이 입을 다물 줄 알게 된 자신이 뿌듯했다. 인생은 이별을 거듭하는 것이란 걸 알기에 여러 이별에도 '적당하게' 대처했다. 되도록 뜨거운 이별은 생기지 않도록 늘 단단하게 마음을 조였다. 마음을 조이고 조이던 어느 날 또 새로운 이별이 생겼다. 스쳐 가는 가벼운 이별이었다. 그런데 갑자기 이별의 방법이 생각나지 않았다.

　"나다운 이별은 뭐였지?" 친구에게 물었다. "너의 이별은 뜨거웠지, 헤어지고 나서 마음에 남는 이별이었어." 친구의 대답을 들은 여자는 생각했다.

　'오늘은 사회적 이별 말고 나다운 안녕을 해야겠어.'

　여자는 자신다운 이별이 하고 싶었다. 요즘의 우리, 나다운 만남과 이별을 하며 살고 있는 건지, 이별마저도 너무 많은 것들의 눈치를 보며 살고 있는 것은 아닌지 모르겠다. 스쳐 가더라도 서로 따뜻하게 기억하는 것, 그게 사는 거 아닐까. 뜨겁게 이별하며 살고 싶다. 세상이 그걸 오지랖이라고 하더라도.

가끔은 목적지 없는 지하철을 타도 좋다

목적지 없이 지하철을 탔다. 주말을 침대에서 뒹굴뒹굴하기만 하며 보내기를 몇 달째였다. 늦잠이 더 이상 달콤하지 않다는 건 변화가 필요하다는 신호일지도 모른다는 생각이 들었다. 답답한 마음에 나가고는 싶고 몸에는 게으름이 장착되어 머리와 몸이 마치 두 사람인 것처럼 싸워 댔다. 그 두 인격이 합의를 볼 때쯤엔 이미 오후 세 시를 넘기고 있었다. 시간을 핑계로 또 토요일을 누워서 보낼 것 같아 마스크를 끼고 일단 밖으로 나갔다. 걷기는 걷는데 발걸음은 분명하지 않고 불안한 눈동자는 이곳저곳을 탐색했다. 나는 어디로 가야 한단 말일까.

일단 지하철역으로 나를 데려갔다. 역에 도착했으니 카드를 찍었고, 찍었으니 지하철을 타는 게 순서다. 출발은 했지만 도착지가 없으니 대략 난감이다. 토요일을 나처럼 보내는 사람도 있을까, 이 지하철에 목적지가 없는 사람도 있을까 하고 생각하니 삶의 허무가 밀려왔다. 매 순간 사람들은 이토록 많은 결정을 하고 사는 걸까, 새삼스레 삶이 어려운 기분이었다. 나는 어디로 가고 싶은 걸까. 사람들은 다들 어떻게 오늘 가고 싶은 곳을 결정하는 걸까. 그저 가야 할 곳들을 오고 가며 사는 걸까? 하는 생각을 하며 지나치는 역들을 구경했다. 역 하나를 지나칠 때마다 '그냥 돌아갈까?' 하는 생각과 '어디라도 가자.' 하는 생각이 충돌했다. 돌아가기엔 좀 멀리 왔다 싶을 만큼 꽤 많은 역을 지나치고 나서야 이왕 나온 거 맛있는 커피나 마실까 하는 마음이 생겼다.

평일에는 갈 수 없는 곳을 찾다가 낯선 곳 중 가장 익숙한 곳이 떠올랐다. 광화문역에서 내렸다. SNS를 찾아보니 좋아하는 카페가 역 근처에 새로 오픈했다. 아이스라떼를 한 잔 주문했지만, 자리가 없었고 여름치곤 선선한 날씨에 커피를 들고 일단 걸었다. 걷다 보니 광고판이 보였다. "종로에는 4개의 한옥 도서관이 있습니다." 그중 청운문학도서관이 눈에 띄었다. 언젠가 꼭 가 보고 싶다고 생각했던 곳이다. 날씨가 좋았고 바람이 적당히 불어 주어 걸을 만한 날씨, 도서관에 가 보기로 했다.

도서관으로 향하는 길에 처음 가 보는 오르막길을 만났다. 올라갈까 말까 고민했지만 이대로 돌아간다면 두고두고 그 오르막길 위가 궁금할 것 같았다. 가파른 오르막길을 오르자 점점 더워졌다. 괜히 올라왔나 생각하는 찰나 서울의 풍경이 한눈에 보이는 아름다운 장소가 보였다. 마치 이 장소를 발견하려고 오르막을 오른 사람처럼 뿌듯했다. '그래, 오늘은 이걸로 됐다.'라는 생각이 들 만큼 풍경은 아름다웠다. 고궁들이 군데군데 섞인 서울의 풍경은 정말로 아름다웠다. 후회되고 걱정됐던 모든 것들은 아름다운 풍경 앞에서 아무것도 아니라는 생각이 들 만큼.

목적지 없이 지하철을 탔고 즉흥적으로 순간의 발걸음을 결정했다. 이런 결정을 할 때마다 느끼는 건 기분 좋은 우연을 만나려면 정해진 길이 아니라 예상에 없던 길을 가야 한다는 것이다. 정해진 길은 안정감을 주지만 그 안정감 이면에 가려진 우연과 기대를 발견하기 어렵다. 오늘 같은 날 방 안에서 상상만 했다면 걱정을 잊게 만드는 풍경은 만날 수 없었을 것이다.

늘 먹던 커피, 늘 가던 길에서 얻는 안정감을 좋아하지만 가끔은 이렇게 목적지 없는 지하철을 타고 즉흥적인 발걸음을 즐겨도 될 것 같다. 다시 돌아올 수 있을 정도의 작은 이탈, 소박한 방황이야말로 일상을 새로이 보게 해주는 소금 같은 존재가 아닐까. 많은 사람이 원하고 보여 주기 좋은 예쁜 것들도 처음에는 누군가 목적지 없는 지하철을 타고 발품 팔아 우연히 발견한 것이 아닐까. 미처 내가 발견하지 못한 반짝거리는 것들을 발견하며 사는 것이 아마도 우리가 앞으로 해야 할 일인지도 모르겠다.

목적지 없는 지하철을 타고 조금 시무룩한 하루를 보내는 당신이라면 조금 안심해도 되겠다. 당신은 이제 예상치 못한 아름다운 풍경을 만날 차례니까. 아름다운 풍경은 언제나 예상치 못한 순간에 나타난다.

항상 급행열차를 탈 필요는 없다

출근 시간 9호선 강남행 지하철을 약 한 달간 타본 적이 있다. 강남으로 가는 모든 길에는 인간미라곤 눈곱만큼도 없지만, 그 중 최악은 강남행 9호선 급행열차이다. 처음 급행을 타던 날 여의도역에서의 풍경을 잊을 수가 없다. 9호선 급행열차의 악명을 미처 듣지 못한 채 여의도역 9호선 지하철 승강장에 도착한 나는 경악을 금치 못했다. 급행열차가 도착하자 내리는 사람의 수보다 훨씬 많은 사람이 빈 곳을 비집고 타는 것에 그치지 않고 "자~ 들어갑니다! 좀 푸시할게요!"라고 소리치며 문에 매달려 있는 사람들을 밀어붙이는 게 아닌가! 여기저기서의 신음은 물론이고 어디선가는 싸우고 있고 누군가는 제발 타지 말라고 비명을 지르고 있었다. 이 풍경이 매일 반복될 것이라 생각하니 지각이고 뭐고 지켜보던 내 발걸음은 땅에서 떨어질 줄을 몰랐다. 떡 벌어진 입은 다물어지지 않았고 귀신을 본 것처럼 등에는 식은땀이 쭉 흘렀다. 돌아가고, 일찍 가고, 늦게 가고, 별짓을

다 해 봤지만 출근 시간의 9호선 급행열차는 언제나 일관적인 지옥행 급행열차였다.

자기 몸도 다른 몸도 지하철 안으로 욱여넣는 사람들을 볼 때마다 조금씩 익숙해지긴커녕 번번이 속이 뒤틀렸다. 이른 아침 빈속이라 그런가 싶어 꾸역꾸역 아침밥도 규칙적으로 먹어 봤지만, 그것도 별 도움이 되진 못했다. 저렇게까지 자신과 타인의 인성을 날카롭게 조각 내 서로의 몸으로 비수를 꽂아야만 "먹고 사는 일"이 가능할까 의문이 들었다. 누군가에게 좋은 존재가 되기를 완곡히 거부하며 마음속에 시퍼런 칼날을 더욱 날카롭게 갈고 닦는 사람들 같았다. 인성을 조각낼 용기도 없거니와 애초에 마음속에 칼갈이를 하며 살 만큼 삶에 대한 뜨거운 열정도 없는 나는 늘 도망쳤고, 두 발 물러났고, 기다렸고, 먼저 보냈다. 어차피 우리는 모두 죽음으로 향하는, 그 죽음이 언제 내게 올지 한 치 앞도 모르는 허망한 존재인데 뭘 그렇게까지 타인에게 상처를 투척하고 비수를 꽂으며 살아 내는지 이해가 가지 않았다.

그렇게 한 달을 버티다가 앞으로 다시는 9호선 급행을 타고 싶지 않다고 말하고선 프리랜서 일을 강제 종료시켰다. 아침마

가볍게 생각하는 연습

다 내 몸이 구겨진 채로 사방에 둘러싸인 사람들의 입 냄새를 맡으며 9호선을 타야 한다면 월급 1억을 준다 한들, 세기의 영웅이 되는 일을 제안한다 한들 마다할 판이었다. '내가 다시 강남땅에 출근을 하면, 다신 회사원이 되지 않겠다.'라고 생각한 이후 10년이 지난 지금까지도 한 번도 출근 시간에 강남으로 가 본 적이 없다. 그 이후 출퇴근을 하지 않게 된 나는 지하철을 꼭 한두 대씩 보내는 의식을 치른다. 나의 평화에 대한 예의였다. 몇 대를 침착하게 보내고도 성에 차지 않으면 10대도 애써 놓치며 지하철 역사 의자에 앉아 핸드폰 메모장에 글을 쓰곤 했다. 죽음의 한기를 느끼지 않는 한 뱃속의 사람이 역겨워 토해낼 것 같은 상태의 지하철에 내 몸을 구겨 넣지 않았다. 이제부터라도 나와 남을 구기는 짓은 하지 말자고 생각했다.

　아무리 탈 사람이 많은 시간에도 기다리다 보면 연달아 오는 탓에 소화가 잘되는 공복의 위장을 가진 지하철이 오고야 만다는 걸 알기 때문에 타인을 구기며 살 필요는 없는 것이다. 조금만 기다리면 남을 구기지 않고 탈 수 있는 지하철은 온다. 그리 서두를 필요는 없으므로.

시 한 편 외우는 일

    단순히 좋아하는 게 아니라 일상의 순간순간 계속 생각날 만큼 사랑하는 시들이 있다. 노래가 너무 좋으면 가사를 외우게 되듯, 시가 내 온 마음을 통과하며 절로 몇 문장이 내 몸에 남아있게 됐다. 오래전이라 정확히 기억나지진 않지만 한 소설에서 '시 한 편 외우지 않고 사는 팍팍한 우리 삶'에 대한 이야기가 늘 마음에 남아있다. 좋아하는 시 하나를 외워보기로 했다. 한 며칠 계속해서 외우니 짧은 시라 금세 줄줄 말할 수 있게 되었지만 2주 정도가 지나니 단 한 줄도 기억나지 않았다. 현대의 우리는 기억해야 할 것이 너무도 많아서 마음에 시 한 편 내어줄 자리도 없이 살고 있다는 생각에 짠해진다. 다시 시를 찾아 한번 읽어본다. 이건 나만의 멋진 습관이라는 생각에 든든해진다. 나를 든든하게 하는 것은 이런 일들이다. 시 한 편 줄줄 외우는 일, "내가 책에서 읽었는데…"하고 좋은 문장을 삶에 적용해 보는 일, 오늘 저녁이면 나의 하루를 글로 쓸 수 있다는 기대 같은 것들.

　시를 읽는다는 나에게 누군가 옛날 감성이라고 말하긴 했지만 뭐, 스웩이란 건 그런 거 아닌가. 옛날, 지금 따지지 않고 어떤 편견도, 선입견도 깰 수 있는 나만의 리듬 말이다. 편견과 선입견에 갇히는 순간 올드한 것이 된다. 한번 유행을 타서 인기가 있는 옷은 내가 백만 번째로 입어봐야 올드한 것이 된다. 누군가의 아류가 되는 게 유행을 타는 일이라면 나는 차라리 유행을 벗어나야겠다고 생각했다.

　나는 사람들이 이런 류의 따뜻한 기대와 뿌듯함들로 매일이 든든해졌으면 좋겠다. 무언가 새 제품을 언박싱 하는 일도 너무 즐겁지만, 곧 헛헛해지는 경험을 많이 하지 않았나. 곧 헛헛해지는 그런 일 말고 엄마 밥 한 끼처럼 든든하게 오랫동안 뱃속을 채워주는 그런 일들로 하루를 채워갈 줄 아는 사람들이 많아졌으면 한다. 사람들에게 인기가 많지 않아도, 사람들이 쳐다보는 좋은 차를 갖지 못해도, 인스타그램에 올라온 눈부신 여행지에 매주 가지 못해도, 나만의 보람과 즐거움으로 하루를 채울 수 있었으면 좋겠다.

내 입에 맞는 와인을 찾는 일

아무도 모르지만 나만 알고 있는 시 한 편 외우는 일

명품은 아니지만 나만 좋아하는 디자이너의 옷을 입는 일

인기는 없었지만 나에겐 인생 영화를 소장하는 일

내 인생에 한 스푼이라도 영향을 줬던 그때 그 시절의 만화책
을 다시 보는 일

뭐 그런 일들로.

가볍게 생각하는 연습

원망하기보단, 떡볶이

태어나면서부터 동생과 함께 방을 써온 나는 혼자 자는 걸 두려워한다. 불을 끄기 직전까지 "하나도 무섭지 않아. 옆방에 사람이 있는데 뭘."하고 돌덩이처럼 단단한 마음을 먹어도 불을 끄는 순간 온갖 공포들이 몰려와 몸과 마음이 긴장된다. 아무리 피곤해도 오던 잠이 달아나 결국 불을 켜게 되고, 자는 둥 마는 둥 힘없이 누워 긴긴밤을 지새우게 되는 것이다. 이렇게 혼자서는 잠을 잘 수 없다는 사실은 언젠가부터 나에게 콤플렉스가 되었다.

올해 봄, 독립이 하고 싶어 잠깐이라도 혼자 지내보려고 제주도에 여행을 갔다. 2주 살이의 첫날 밤, 선잠을 자다가 원인 모를 공포감에 새벽 3시에 눈을 떴다. 역시나… 혼자라는 공포심에 여전히 잠을 자지 못하는 나를 들볶았다. '나는 도대체 왜 혼자서 자지 못하는 걸까. 다들 혼자서도 잘 먹고 잘사는데!' 스트레스가 밀려왔다. 같은 패턴의 반복이었다. 나 자신이 너무 원망스러워 지친 나는 한 시간을 더 누워있다가 벌떡 일어나서는 혼자 중얼거렸다.

"그래, 난 혼자 못 자겠다. 이런 사람도 있는 거지, 뭐!"

제주 공기가 좋아서인지 오기가 생긴 나는 이렇게 된 이상, 잠을 자지 말자고 생각했다. 눈에 보이는 책 한 권을 집어 들고 읽기 시작했다. '그래, 고요한 새벽을 이렇게 통째로 쓸 기회가 또 언제 온담.' 잠들지 못했던 숱한 밤, 억지로 잠을 자려고만 했지, 이렇게 잠자기를 그만둔 적이 없었다. 그런데 어쩐 일인지 책을 읽다가 잠이 들었다. 눈을 떠보니 아침이었다. 내가 혼자인 곳에서 스르르 잠이 들다니! 이 문제를 해결하려고만 했을 땐 한 번도 스르르 잠든 적이 없었다. 문제를 해결하는 대신, 다른 것에 집중하니 잠을 잘 수 있었던 것 같아 다음날도 해보았다. 첫날처럼 완벽하진 않았지만 그래도 몇 시간이나마 눈을 붙일 수 있었다.

그동안은 마음에 들지 않는 나 자신을 원망하기만 할 뿐, 잠을 자지 못하는 상황을 인정해주지 않았다. 잘 해결되지 않는 문제를 해결하는 가장 좋은 방법은 해결에만 매달리지 않고 다음으로 넘어가는 게 아닐까 하는 생각이 들었다. 이미 내 손을

가볍게 생각하는 연습

떠난 문제라고 생각하고 다음 문제를 풀다 보면 자연스레 어떻게든 결론이 나는 경우들이 생각났다. 하나의 문제를 완벽하게 해결하려는 태도로는 해결의 실마리를 찾기보다, 문제가 생긴 자신을 원망하기만 해왔던 것이다.

나는 왜 이렇게 겁이 많나,
나는 왜 이것밖에 안 되나,
나는 도대체 왜 이럴까?

습관적으로 나를 원망한다. 지금 모습 그대로 나를 사랑하는 일은 도무지 마음처럼 되지 않아, 언제나 원망으로 내 머리를 쥐어박는다. 자신을 원망하기만 하는 방법으론 해결하고자 하는 문제를 해결할 수 없다. 오히려 자기비하를 불러일으킬 뿐이다. 일단 현 상태를 인정하고, 받아들이는 게 가장 먼저다. '나는 지금 이렇구나, 이런 문제가 있구나. 그래도 괜찮아.' 하고 말이다. 그런 다음에야 "뭐 그럴 수도 있지."라고 생각하며 하고 싶었던 다른 일을 하게 된다. 책을 읽거나, 음악을 듣거나, 산책을 해도 좋다. 아니면 떡볶이를 먹는다든가.

오늘은 떡볶이나 먹으러 가야겠다.

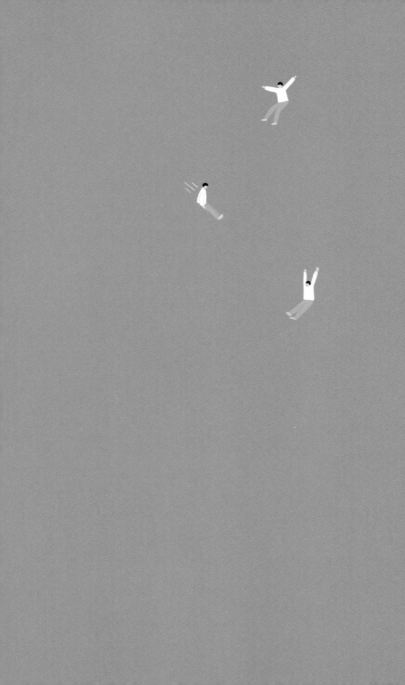

02

가
벼
울
수
록
커
지
는
행
복

결혼은 싫지만 엄마에게 사위가 생겼으면 좋겠다

　엄마의 습득력이 어찌나 좋은지 하루가 다르게 늘어 가는 급식체에, 카카오톡을 확인하며 하루에도 몇 번씩 입이 떡 벌어진다.

　하루는 TV를 보다가 엄마도 브런치가 먹고 싶다고, 살날도 많은 너네끼리만 맛있는 것 먹고 다니냐고 급 호통을 쳤다. 나는 엄마더러 당장 일어나라고, 나가 사 주겠다고 했다. 젊음의 전유물이라 생각했던 모든 것들을 엄마도 하고 싶어 할 줄은 생각하지 못했던 것 같아서 앞으로는 가끔이라도 엄마를 데리고 나가기로 마음먹었다. 엄마는 브런치라는 것을 먹으며 연신 비싸고 짜다고 말했지만 소스 한 스푼도 남기지 않고 다 먹었다. 딸이 번 돈은 한 푼도 허투루 쓰면 안 된다며 갑자기 먹고 싶어진 브런치가 미안했던 모양이다.

그날 딱 한 번 브런치를 먹어 본 엄마는 아침마다 브런치 비슷한 걸 만들어 줬다. 장금이도 아니고 한 번 먹어 본 브런치의 맛을 재현하는 데 열을 올렸다. 올리브오일과 발사믹소스를 이용해 아침마다 브런치 스타일의 식사를 만들어 내가 눈을 뜨기도 전에 책상에 올려놓는다. 만오천 원짜리 브런치보다 자기가 만든 게 훨씬 더 싸고 맛있다고, 식기 전에 먹으라고 아침마다 성화다. 자기가 만든 브런치는 삼만 원짜리라나. 엄마, 그런데 브런치는 아침이랑 점심이 합쳐진 건데 이건 브런치가 아니라고 아무리 말을 해도 식기 전에 먹으라는 말뿐이다. 예전엔 그렇지 않았는데 언제부턴가 엄마는 자기가 할 말만 한다. 하지 말라고 골백번 말해도 자꾸 내 아침을 차려서 화장대로 가져다준다.

도대체 엄마는 왜 그런 걸까. 왜 그렇게 미안하고, 눈치가 보이고, 자식이 애틋한 걸까. 엄마를 보면 나는 절대로 저런 엄마가 될 수 없다고, 아니 애초에 엄마가 될 수 없다고 생각하는 나라서 미안해지곤 했다. 카페에 갔을 때 옆 테이블에 아기가 있으면 눈에서 꿀이 뚝뚝 떨어지는 엄마에게 미안해졌다. 물고 빨고, 누가 보면 자기 손자인 줄 알겠다고 그만하라고 말해도 그렇게 예뻐할 수가 없다. 옆 테이블의 아기 엄마가 "따님분 어서

결혼하셔야겠어요."하고 말할 때마다 엄마에게 죄짓는 기분이
들곤 했다.

우리는 종종 무슨 뜻인지 알지만 앞뒤가 맞지 않는 생각들을
하고 산다. 아이들이야 기분에 따라 솔직하게 자신의 언어나 표
정을 표현하지만, 어른이 어디 그런가. 알게 된 것이 너무도 많
아서 말로 표현하진 못해도 우리는 상상한다. 돈을 많이 벌고
싶지만 일은 하기 싫다고, 내가 고소영은 아니지만 장동건 같은
남자를 만나고 싶다고. 나는 요즘 매일 그런 생각을 한다. 결혼
은 하기 싫지만 우리 엄마에게 사위가 생겼으면 좋겠다고.

가수 이효리는 뉴스룸에서 이런 말을 했다. "유명하지만 조
용히 살고 싶고, 조용히 살고 싶지만 잊혀지고 싶지는 않다." 이
말에 손석희 아나운서는 그게 가능한 일이냐고 물었고 그녀는
다시 대답했다. 가능한 것만 꿈꿀 수 있는 건 아니지 않냐고.

나는 아직 결혼에 대한 꿈이 없다. 내가 봐 왔던 결혼은 우리
엄마만 보더라도 그리 좋은 제도는 아니었고, 주변 사람들을 둘
러봐도 부러움의 대상은 아니었다. 마흔이 되어 가며 결혼에서
더 멀어지는 내 기분과는 달리 사위나 손자에 대한 아쉬움이 커

져만 가는 우리 엄마에게 미안함은 날로 커진다. 엄마는 언젠가 이런 말을 했다.

"나는 사위가 밥 사주는 거 보면 그렇게 든든하더라. '사위'라는 말이 그렇게 이쁘더라. 사위가 용돈 주면 너무 행복할 것 같아. 우리 딸 예뻐해 주는 사위한테 밥 한 끼 해 먹이면 얼마나 행복할까. 사위 손 잡고 우리 딸 좋아해 줘서 고맙고 앞으로도 우리 딸 혼자 되지 않게 평생 옆에 든든하게 있어 달라고 말해 주면 얼마나 좋을까. 딸! 진짜, 정말로 결혼 안 할 거야?"

우리 엄마는 자기 인생에 사위가 생기지 않을 줄 한 번도 상상하지 못했단다. 딸을 낳는 그 순간부터 꿈꿔 온 멋진 사위에 대한 로망을 내가 이뤄 주지 못해 이번 생은 망했다고 한다. 결혼은 하기 싫지만 우리 엄마에게 사위가 생겼으면 좋겠다. 우리 아빠에겐 손주가 생겼으면 좋겠다. 예쁜 손주가 할아버지라고 불러 주는 순간을 꿈꿔 왔다는 우리 아빠에게도 손주가 생겼으면 정말로 좋겠다.

⋮

　후회되는 일들이 가득한 요즘이네요. 그때 그 일을 했으면 어땠을까, 오래전 그 사람을 한 번만 더 만났으면 좋았겠다, 그 말만은 하지 말걸, 괜히 샀네… 하는 생각을 하고 있으면 잠이 오질 않아요. 근데 생각해 보면 과거에 대한 후회 때문에 잠을 못자는 오늘을 언젠가는 또 후회하겠단 생각이 들더라고요?

　"그때 후회만 하느라 시간을 보내지 말고, 생각해 오던 일을 해 볼걸." 하고요.

　지금은 미래의 우리가 그리워할 유일한 날이란 것만 매일 아침 기억하면 돼요. 유일한 나, 유일한 나의 오늘, 소홀히 하지 마시길. 오늘을 마땅히 누릴 자격이 있는 당신의 귀한 오늘을 즐기시길. 나의 오늘을 즐긴다는 건 특별한 하루를 보내는 게 아니라, 나만의 생각을 존중하고 누군가에게 실망한 오늘의 나를 다독이는 겁니다. 그냥 그거면 돼요.

꽃을 사는 이유

아침에 눈을 떠 창문을 여니 이틀 사이 부쩍 포근해진 바람이 불었다. 봄에서 여름으로 가는 계절의 기분 좋은 변화를 인지한 다음 자연스레 내 눈길은 어젯밤 꽃병에 꽂아 뒀던 꽃으로 갔다. 순간 너무 놀랐다. 속내를 보이지 않으려 잔뜩 움츠리고 있는 듯 보였던 몇 송이 꽃이 밤새 활짝 피어있었다. "어쩜 저렇게 활짝 피어있더라. 저 꽃 이름이 뭐니, 너무 예쁘다." 꽃을 보고 있는 내게 엄마가 말했다. 엄마의 말처럼 꽃을 보니 나도 눈을 뗄 수가 없었다. 활짝 핀 꽃봉오리를 본 게 얼마 만인지, 꽃 몇 송이도 가만히 바라보지 못하고 살았나 싶었다.

친구네 작업실에 놀러 갔을 때 들어간 순간 제일 처음 눈에 들어왔던 꽃이었다.

"어머 넌 작업실에 꽃도 꽂아 놓고 일하는구나. 너무 좋은 습관이다."라고 내가 말하니 친구는 "아, 그거 그냥 언니 주려고 사 놓은 거예요. 나중에 갈 때 까먹지 말고 가져가요!"라고 대답했다. 친구와는 그리 많은 교류를 하며 지내진 않지만 오랜만에 만나면 늘 이렇게 마음이 통한다. 어떤 이유도 덧붙일 것 없이 그냥 내게 주려고 샀다는 꽃을 받아 들고 집으로 가는 길은 내내 향기로웠고 여름밤 공기가 달달했다. 집에 도착해 그 꽃을 대충 꽂아 놨을 뿐인데 아침이 이렇게 근사해진 것이다.

그런 순간이 있다. 이해관계를 따지지 않고 그냥 기분이 좋아지는 순간. 어른이라는 말을 듣게 되면서 많은 이해관계를 따지고 계산하며 살게 되었다. "그냥"이라는 말은 마법의 단어 같아서 좋아한다고 했던 나도 점점 "그냥"이라고 말하지 않게 되었다.

그냥 생각나서,
그냥 주고 싶어서,
그냥 네가 좋아서,
그냥…
친구의 그냥 샀다는 몇 송이 꽃 때문에 나는 일주일이나 더 행복했다. 그리고 꽃이 질 때쯤, 가끔 꽃 몇 송이, 커피 한 잔, 작은 선물 하나, '그냥' 선물하면서 살자고 생각했다. 이유가 있어

가벼울수록 커지는 행복

서 하는 선물보다 그냥 생각나서, 그냥 주고 싶어서 준비한 선물이 진짜 선물이란 걸 알게 됐으니까. 오래전 시집에서 봤던 문구가 떠오른다. "퇴근길에 그냥 생각나서 꽃 한 송이 사 들고 오는 남자라면 결혼해도 좋다."라는 내용의 시였는데, 너무 오래돼서 자세한 문장이 기억나진 않는다. 하지만 그때도, 지금도, 앞으로도 '그냥 생각나서 꽃 한 송이 사 들고 오는 사람'을 좋아하지 않을 수 없겠다.

　물건에 마음을 담는다는 건 어쩌면 그런 것일지도 모르겠다. 철저히 준비된 값비싼 선물보다, 그냥 그 사람이 생각나서 앞뒤 없이 사게 된 선물 말이다. 우리가 꽃을 사는 이유는 그런 게 아닐까.

나를 향해 반짝이는 눈빛만이

　작가를 꿈꾼다거나 누군가에게 읽히길 바라는 마음 없이 어느 날부터 글을 쓰기 시작했다. 이유는 하나였다. 쓰는 동안 내 마음과 생각들을 깊게 들여다볼 수 있어 좋았다. 하나둘 끄적거리다 보니 뭔가를 써 내는 일이 내 안의 감정들을 꺼내 놓는 일이란 걸 알게 됐다. 작가가 돼야 한다거나 내가 쓰는 글들로 어떤 결과를 내겠다는 기대가 없으니 부담도 없었다. 작가를 목표로 시작했다면 절대 글을 계속 쓸 수 없었을 것이다. 어차피 아무도 보지 않을 거니까 때로는 분풀이로, 때로는 고해성사하는 마음으로 쓰기를 지속했다. 2년 동안 써 온 글들이 꽤 쌓였을 무렵 클릭 한 번으로 응모된 브런치북에 당선이 됐고, 내 글들이 세상 속으로 던져졌다. 브런치북이라는 매개체가 없이 책을 출간한다고 했을 때는 의아해하던 사람들이 '대상 수상'이라는 타이틀 하나로 갑자기 나를 '작가'라고 부르기 시작했다. 작가라는 자아가 하나 더 생긴 이상, 불러주는 이름에 부끄럽지 않은 사람이 되고 싶었다. 어떻게 해서든 그 이름을 사수하고 싶었다. 삶이란 이토록 왕도가 없다. 작가를 꿈꿔서 작가가 되기도 하지만, 어쩌다 보니 작가가 되기도 하고, 어떤 이름으로 먼저 불리고 나서야 그 이름에 맞는 꿈을 가지기도 하는 것.

  작가라 불린 이후 좋은 점 중의 하나는 나와 내 글을 응원해주는 사람이 생긴다는 것이다. 나는 그들과 나의 관계를 "서로 읽어주는 관계"라고 표현한다. 시대가 변하며 글을 쓰는 방식도, 책을 출간하게 되는 경로도 예전과는 많이 달라졌다. 요즘은 책을 출간하면 때에 따라 온·오프라인 강연을 할 기회도 얻게 된다. 그런 자리를 통해 서로 읽어주는 관계를 더 많이 만나게 된다. 작년 겨울, 성수동의 한 강연장에서 강연을 했다. 날씨도 추웠고 천정이 높아 강연장도 싸늘했는데, 내 강연의 온도가 올라가지 않았던 결정적인 이유는 참석자의 수가 너무 적었다. 분명 다른 연사의 강연에는 참석자가 넘쳐 의자가 모자랐던 것으로 알고 왔는데, 그토록 저조한 참석률이라니 부끄럽기도 하고 자신감은 끝도 없이 추락했다. 얼어붙은 마음으로 시작한 강연은 좀처럼 따뜻해지지 않았다. 손은 시리고 얼어붙은 마음도 녹지 않은 상태로 진땀을 흘리며 강연을 진행하던 중 저 멀리서 반짝이는 눈빛이 느껴졌다. 나를 향해 고개를 끄덕이고 연신 따뜻한 눈빛으로 호응을 해주는 따뜻한 눈빛 하나. 아는 분은 아닌데 왠지 나를 아는 것처럼 느껴지는 그분의 따뜻하고 반짝이는 눈빛 덕분에 조금 온도가 올라가는 기분이 들었고. 무사히 강연을 마무리할 수 있었다. 알고 보니 첫 책 출간 이후 내 SNS에 수많은 공감과 댓글을 남겨주신 분이었다. 늘 '3000만큼의 응원'을 나에게 주시는 그분은 내 강연을 듣기 위해 뒤늦게 강연장에 들어섰다고 했다.

나는 그날, 나를 향해 반짝이는 눈빛을 먹고 내 마음이 자란다는 생각을 했다. 온갖 부정적인 말과 결과에 한참 주눅 들었던 나의 고개를 들게 해주는 것은 나를 향해 반짝이는 눈빛이었다. 나의 고개를 들게 하는 사람, 위축됐던 내 어깨를 펴게 하는 관계, 그게 바로 나를 살리는 관계가 아닐까. 아무것도 아닌 사람을 반짝이게 만드는 것은 눈빛이다. 유일하게 성형할 수 없는 것이 눈빛이라 하지 않던가. 자신을 향해 한 치의 의심도 없이 반짝거리는 눈빛을 본 사람은 절대로 나쁜 사람이 될 수 없다. 무언가를 너무 좋아하는 사람은 반짝거린다. 그 반짝임으로 한 해를 마무리하게 되어 빛나는 저녁이었다. 나를 힘들게 하는 것도 사람이지만 나를 구하는 것도 사람이다. 우리가 진짜 집중하고 의식해야 할 것은 나를 흔들리게 하는 눈빛이 아니라 나를 향해 반짝이는 눈빛이다.

⋮

　바쁘게 사는 건 하나의 기호일 뿐 정답이 아니다. 바쁘게 살든 느리게 살든 누구도 상대를 비난하거나 틀렸다고 말할 자격을 가질 순 없다. 흐름에 몸을 맡기다 보면 급류를 탈 때도 있고 완류를 탈 때도 있다. 완류를 탈 때 언젠가 만날 급류를 대비해 최대한 에너지를 아껴야 하듯, 지금 움츠리고 있는 것은 언젠가 만날 삶의 급류를 맞이하기 위함이다. 그러기에 쓸모없는 시간은 없다. 급류와 완류를 반복하며 누구나 조금씩 넓은 곳으로 가고 있을 뿐이다.

마이너스는 아프지도 말란 거예요?

몇 해 전 겨울, 지독한 기침감기에 걸렸었다. 여름의 끝자락부터 온갖 염증들이 내 몸 여기저기를 차지했다. 항공성중이염, 위염, 임파선염, 편도염, 봉와직염, 비염 등 "~~염"으로 불리는 결코 사소하지 않은 여섯 개의 염증과 동시다발적으로 이름 모를 근육통들까지 추가되니 '순한 맛' 일상은 '딱 죽을 맛'이 되었다.

내가 간과한 내 몸 케어의 결과인 것 같아 과거의 내가 원망스러웠다. 의사 선생님은 "나이 들어서"라고 뼈 때리는 조언을 했지만 이쯤 되니 원인을 알고 싶었다. "진짜 제 몸이 왜 이런 걸까요?" 간절한 눈빛으로 물었더니 면역력이 바닥이라고 말씀하셨다. 잠을 푹 자야 한단다. 그러고 보니 전설의 '3분 기절' 자랑하던 내가 언젠가부터 숙면을 하지 못하고 깊은 밤 상상을 초월하는 꿈속을 헤매다 깨기를 반복하고 있었다. 어른과 직장인의 영역인 불면증의 세계의 첫발을 디딘 것이다.

꿈 얘기만 모아도 책 한 권이 나올 만큼 다양한 꿈의 세계를 경험해 눈만 뜨면 '꿈해몽'을 찾아봤다. 새로 이사 간 집에 화장실이 없어 스트레스받는 꿈, 방문을 열었더니 낭떠러지이거나 내가 들어가는 건물마다 흔들리고 무너지는 꿈 등 나의 불안은 아주 구체적인 모습으로 꿈에 투영됐다. 이게 그 무섭다는 아홉수의 저주일까 하는 생각까지 하다가 '그래 이 몸을 40년 가까이 썼으면 이럴 때도 됐지.'라고 중얼거리며 한숨을 토했다. 운명에 대한 절대적 믿음과 우연에 대한 설렘으로 100%를 채우는 풋풋했던 나에게도 불면증이 오고 건강 이상이 생기는구나, 하고 이제서야 조금 심각해졌다. 선배들이 "너도 마흔 돼 봐~ 일단 몸이 달라."라는 말을 할 때만 해도 또 그 소리냐며 웃어넘겼는데 정말로 내 건강 상태가 나이의 알람이 되다니.

　미리미리 건강을 챙겼으면 좋으련만 이미 많이 지쳐 버린 위장에 영양제를 급히 투여해 봐야 크게 소용도 없었다. 영양제란 건강할 때 챙기는 거란 친구의 말에 공감했다. 요가도 시작했고 한약도 먹었지만 이미 심각해진 기침은 줄어들 기미를 보이지 않았다. 기침 때문에 2주 동안 몇 시간도 자지 못한 채 시간이 흘렀다. 목에 파를 감고, 물수건을 감고 자고, 마스크를 끼고 자고 온갖 방법을 써도 소용이 없었다. 온몸이 들썩거리는 기침으로 정말 딱 죽을 맛인 와중에 시키는 대로 고분고분 일하지 않아 미운털 박힌 나는 업무 시간에 병원을 갈 수도 없었다. 공휴일도 마이너스 되는 연차 시스템 덕분에 아파도 하루를 맘 편히 쉴 수 없었다. 일주일을 지켜보던 직장 동료가 며칠 쉬는 게 어떠냐고 말했을 때 내 연차는 마이너스라 쉴 수 없다고 했더니 동료가 말했다.

"아니, 마이너스는 아프지도 말란 거예요?"

듣고 보니 그랬다. 내가 마이너스가 되고 싶어 된 것도 아니고 공휴일에 맞춰서 아플 수도 없는데 아플 때 쉴 수 없는 건 너무한 거 아닌가 싶었다. 더구나 그 회사는 병가 따윈 없고 공휴일, 대체 휴일도 연차에서 처리되어 쉴 수 있는 날도 별로 없다. 바로 이럴 때 회사원은 회사를 때려치우고 싶어지는 게 아닐까. 아픈 것까지 참아가며 억척스럽게 일해야 성실하단 말을 듣고 인정받을 수 있는 것도 아닌데. 우리는 때로 기침 때문에 출근하지 못하는 한낱 사람일 뿐인데 말이다.

회사원도 아플 권리가 있고, 아플 때는 눈치 보지 않고 쉬고 싶다. 많은 권리를 누리기를 바라는 게 아니다. 사람이 가장 나약해질 때 아무것도 하지 않을 권리를 달라는 것이다. 아픈 날 연차 하나가 날아가는 것도 서러운데 아플까 봐 전전긍긍 몸을 사리며 회사에 다니는 건 너무 불행한 일이 아닌가. 모든 퇴사의 사유는 가지각색이겠지만 들여다보면 이렇게 사소한 불행함들이 결국은 회사를 그만두고 싶게 만드는 게 아닐까 싶다. 마이너스 일지라도 내 몸이 아플 때는 당당하게 출근하지 않을 예정이다.

가벼울수록 커지는 행복

사소하고, 귀엽게 살아 버리자

　이번 겨울. 많이 춥지 않은 대신, 미세 먼지로 뿌연 하늘에 날이 자주 흐리고 불편한 감정들이 종종 마음을 괴롭힌다. 나를 나답게 하는 사람과 장소가 있는가 하면 불편한 감정들이 생기는 장소도 있다. 아침에 일어나 마음이 편해지는 장소로 발길을 옮기면 좋으련만 나에게 좋은 것만 선택하며 살 수는 없겠지?

　출근을 하며 자꾸 괴로워지는 마음을 어떻게 할까 생각하다가, 사무실 내 책상에 앉자마자 친구에게 선물 받은 페인트 마커와 연습장을 꺼냈다. 그 종이에 작고 귀여운 복주머니 하나를 그려 "실물로 진짜 복 받아."라며 동료들 손에 쥐여 주니 잠깐이나마 웃는다. 평생 버리지 않겠다며 좋아하거나 지갑에 넣어 보이기도 해서 나도 괜히 즐거워졌다. 그래, 사실 우리 마음을 좋은 모양으로 만들어 주는 것들은 오늘의 복주머니처럼 아주 사소하고 귀여운 것들이 아닐까. 커피 한 잔, 작은 복주머니 하나 같은.

불편한 감정들이 생길 때마다 더 멋지고 대단한 해결책만 찾고 있었다. 대단한 걸 좇으면 좇을수록 나 자신이 아무것도 할 수 없는 사람처럼 느껴졌다. 죽었다 깨어나도 나는 재벌 같은 재력을 가질 수 없고 아무리 노력해도 김태희처럼 예뻐질 수 없고, 펭수가 있는 한 더 귀여운 펭귄 탈을 써 봐야 펭수의 아류밖에 될 수 없다.

옛날에야 큰 꿈을 가져라, 한 우물만 파라 그랬지, 지금 시대는 웬만하면 다 대단하고 대부분이 모두 특별한 시대가 아닌가. 그러니 우리 크고 멋지게 살지 말고, 사소하고 귀엽게, 작게 살아 버리자.

앙증맞은 복주머니가 유달리 귀여운 겨울이다.

어차피 팥빙수를 먹을 테니까

성격이 급한 집안에서 태어났다. 엄마는 밥을 먹기 무섭게 자리에서 일어나고 아빠는 이제 일어난 나에게 준비는 다 됐냐고 하기를 다반사. 일요일엔 늦잠을 자는 걸 알면서 그렇게 새벽마다 운동을 하러 가자고 깨우신다. 하루를 빨리 시작해야 한다면서. 마지막 밥숟가락을 입에 넣기 무섭게 밥상은 이미 저녁을 먹기 전의 상태로 리셋되어 있다. 그렇게 살기를 십수 년, 이제는 나도 전투적으로 밥을 먹는다. 이유는 없다. 그냥 옆에서 누군가 빨리 먹기 때문이다.

이렇게 급한 집안에서 태어나 조급해하지 않고 느긋하게 살아간다는 건 거의 불가능에 가깝다. 그렇지 않아도 조급한 인생, 나이를 먹으며 더욱 조급해진다. 좋아하는 일에는 그럭저럭 몰입하곤 했는데, 이제 여간해선 책 한 페이지는커녕 한 줄도 몰입해서 읽기가 힘들다. 더 깊은 어른이 된다는 건 책 한 줄 읽을 마음의 여유조차 없어진다는 말일까. 단어와 단어의 띄어쓰기 사이에 열 마디의 생각이 끼어들어 글 한 문장을 읽는 게 몇 페이지를 읽는 것처럼 더뎌지는 날이 많아 이내 책을 덮는다. 생각보다 행동이 앞서는 나였는데 행동할 용기가 까마득해지는 날도 오다니, 마흔에 비로소 나이를 실감한다. 내일을 걱정하지 않고 현재의 문장을 오롯이 흡수하던 그 깨끗한 마음 시절에 책을 많이 읽었더라면, 하는 아쉬움이 크다. 한 살 더 먹는 게 두렵지 않고 지금 처한 상황이 내가 걱정할 모든 것이었던 그 시절에 좋은 글들을 많이 읽었더라면 나는 조금 다른 인생을 살았을지 궁금해진다.

조급해하지 말자고 아무리 마음을 먹어도 곧 다가올 마흔 앞에선 속수무책이다. 철이 없었던 탓인지, 현실적이지 못한 탓인지 이십 대에 그려 보는 미래는 약간의 두근거림과 기대로 가득했었다. 하지만 지금 나의 미래를 그리려면 흰 종이 위에서 펜을 쥐고 몇 시간째 종이만을 뚫어져라 바라보게 된다. 건강도, 직장도, 나의 연애도, 이제는 그 무엇에도 선 하나 쉽사리 그을 수 없는 어른이 된 것이다.

돈에 대한 중요성을 간절하게 알게 되었고 감정적으로 구는 행동이 누구에게도 도움이 되지 않는다는 것도 알게 되었다. 말은 최대한 아끼고 생각은 간결하게 한다. 그리고 무엇보다 함부로 기대하지 않는다. 되는 일들보다는 되지 않는 일들이 많다는 걸 알게 되었기 때문이다. 마흔을 앞두고 기대되는 미래를 그려 보기란 여간해선 쉽지 않다. 침울해지기는 훨씬 쉬워졌고 활기를 높이기는 몇 배로 어려워진 것이다. 그러니 하루를 살아 내는 게 예전보다 몇 배는 어려울 수밖에 없다.

반면에 쉬워진 것들도 있다. 감정 숨기기, 거짓으로 웃기, 할 말 꾹 참기, 내 스타일대로 자연스럽게 행동하기 등이다. 할 말을 날카롭지 않게 조금 깎아서 말할 수 있게 되었고 부드럽게 말하는 방법을 모를 땐 자연스럽게 말을 숨긴다. 말은 하는 것보단 하지 않는 것이 언제나 좀 낫다는 걸 알게 되었다. 말을 하지 않아서 생긴 오해보단 말을 해서 생긴 오해가 더 큰 경우가 많았다. 예전에는 잘 안 되었던 감정 숨기기도 이제는 어떤 공간에서는 로봇처럼 자동으로 온·오프가 된다. 이렇게 조금 편해진 것들도 많지만 어쩐지 자꾸 차가워진다. 조급한 마음은 삶의 온도를 자꾸 낮춘다. 이렇게 속수무책으로 차가워지기만 할 순 없다. 나는 내 인생에 어떤 뜨거움을 만들어 줘야 할까. 어떻게 조금 삶의 온도를 높여야 초조해하지 않게 되는 걸까.

영화 [안경]에서 사쿠라 할머니는 말한다.

"중요한 건, 조급해하지 않는 것. 초조해하지 않으면 언젠가 반드시…!"

조급한 마음이 될 때마다 영화의 이 장면을 떠올린다. 오래 삶아야 하는 팥을 보며 혼자 읊조리는 말이지만, 사실은 우리 모두 알고 있다. 초조한 마음으로 기다리든, 느긋하게 기다리든 팥은 언젠가 알맞게 삶아질 거라는 걸.

조급하게 기다리든, 여유 있게 기다리든 어쨌거나 맛있는 팥빙수를 먹을 수 있다면 굳이 초조해하지 않아도 된다. 팥빙수가 빨리 먹고 싶어 초조해지는 마음이야 어쩔 수 없지만 '나는 어차피 팥빙수를 먹게 된다.'라고 생각한다면 초조함을 다스릴 수도 있지 않을까?

조급해질 땐 이렇게 주문을 외운다.

"맛있는 팥빙수를 먹으려면 팥을 삶아야 한다. 팥이 다 익으면 나는 어차피 맛있는 팥빙수를 먹게 된다."

가벼울수록 커지는 행복

인생의 노잼 시기

지나간 것들을 들춰 보는 일은 거의 없었다. 한 번 본 영화는 다시 보는 법이 없고 한번 끝난 관계도 다시 돌아보지 않았다. 세상에 새로운 것들이 넘쳐나는데 지나간 것에 얽매여 시간을 낭비한다는 게 이해되지 않았다. 추억으로 살아간다는 말도 힘이 없다고 생각했다. "지나가 버린 과거에 도대체 무슨 힘이 있다는 거야." 다양한 경험이 많이 없었던 어린 나에게는 인생에 대한 확고한 믿음들이 있었고 늘 자신감이 넘쳤었다. 시간이 흘러 회사에서 팀장으로 불리던 어느 날 나는 두 주먹을 움켜쥐고 이제는 과거가 돼 버린 여자를 그리워했다. 뺨이라도 한 대 날리고 싶을 만큼 무례한 행동을 하는 어린 직원에게 말 한마디 못 했다. 죄 없는 주먹만 부들부들 움켜쥐고 '딱 한 번만 미친년이 되고 싶다.'라는 생각만 반복하다가 이내 미친년이 되기를 참고야 마는 내가 앉아 있었기 때문이다. 무례한 행동에 대한 화가 아니라 죽어도 미친년이 될 수 없는 나 자신에게 너무 화가 났다. 맞다고 생각하면 얼마든 미친년이 될 수 있었던 그 여자는 이제 사라진 것이다.

　어느 날 사람들을 만나고 오는 길 지하철에서 오늘의 밥값이 얼마나 아까운지에 대해 계산기를 두드리는 나를 발견했다. 새로운 사람을 만나게 되면 '이 사람 나쁜 사람이면 어쩌지?', '지금 내가 보는 모습과 다른 사람이면 어쩌나?' 하는 걱정들을 하면서 나쁜 상황부터 대비하는 나를 발견했다. 거저 속아 물건이고 마음이고 터무니없이 들여왔던 나는 이제 본능적으로 다시 속고 싶지 않고 더 이상 관계 때문에 슬퍼지고 싶지도 않다. 무지렁이 같았던 과거의 나를 부지런히 비웃으며 더 이상 사소한 후회도 하기 싫어 수시로 마음을 바삭하게 말리는 내가 있을 뿐이다. 좋을지 나쁠지 생각하다 동작이 느려진다. 주저하다 결국 포기한다. 끝까지 고집하고 밤을 새워서라도 찾아내고야 마는 나였는데 이제는 포기하는 것이 더 안심된다. 경험이 쌓이니 자꾸 코앞의 미래를 걱정하고 의심하게 된다. 이제는 수많은 정보와 경험에 묶여 좋은 것, 나쁜 것, 새로운 것, 가리지 않고 아무것도 시작하지 못하는 내가 되었다. 겁쟁이가 되어 가고 있는 것일까? 예외 없는 인생은 안전할지 몰라도 공허하다. 요즘 '사는 게 너무 재미없다.'라는 말을 자주 내뱉는다. 이렇게 겁이 많

　　　　　　　　　　　　　　　　　가벼울수록 커지는 행복

아지고 마음에 안전한 공허가 생기는 게 사십 대로 가는 관문이라도 되는 건지 친구들도 자주 이런 말을 한다.

"이제 모든 게 다 시들시들해 새로 시작하는 건 무섭고 새로운 사람을 만나는 것도 귀찮고. 인생의 노잼 시기가 시작된 걸까?"

일단 무모하게 시작하고 보는 내가 그리운 날이 있다. 낯선 곳, 낯선 사람을 의심하지 않고 무조건 믿어보고 싶은 날. 그런 무모한 믿음이 인생 사이사이 끼어들어야 예상치 못한 만남과 일들이 생긴다. 그런 일들은 삶의 구석구석을 조금 반짝거리게 만든다. 이제는 어떻게 무모해질지 고민을 해야 한다는 사실이 조금 슬프지만 이대로 안전한 공허를 지속하며 점점 더 노잼이 되기는 아쉽다. 더 이상 미친년이 될 수 없다면 가끔은 일부러 무모해지기라도 해야 하는 게 아닐까?

심슨이 말한다.

"멍청한 모험이야말로 삶을 살만하게 해주는 거 아니겠니!"

인싸 양보합니다

　여러 관계 속에서 단단하게 나를 지키자고 아무리 굳게 마음을 먹어 봐도 사람들의 아주 작은 시그널에 흔들릴 때가 많다. 사람들은 모두 다른 생각을 하는 존재이며, 다른 환경에서 각자의 인생을 살기 때문에 다를 수밖에 없다고 머리로는 매번 책갈피를 끼우지만 실전에선 늘 그 책갈피조차도 잊는다. 내가 자꾸 평정심을 잃고 흔들리는 이유를 생각해 보니 이유는 간단했다. 누군가의 행동이나 말 한마디에 흔들리는 순간적인 기분과 감정에 빠져 넓은 시야로 상황을 보지 못하는 것이 문제였다. 카메라 뷰파인더에서 눈을 떼면 더 다양한 각도로 상황을 살필 수 있듯, 한 발자국만 그 상황에서 빠져나오면 '방금 내가 조금 예민했던 것뿐이네.'하고 넘어갈 수 있는 일도 순간적인 감정에만 포커스를 맞춘 채 기분을 환기시키지 못하면 사건의 본질보다 더 심각하고 크게 받아들여지는 것이다. 순간의 감정을 인지하고 나를 불편하게 하는 사람에게서 약간 멀어지기만 해도 조금 전 나를 불편하게 만든 감정의 정체를 알 수 있지만, 사람들 속에서 뚜벅뚜벅 혼자 걸어 나오기란 여간 어려운 일이 아니다. "혼자가 편하다."라고 말하면서도 내 마음속 깊은 곳엔 언제나 '사람들에게 관심받지 못할 바에는 스스로 혼자가 되겠어.'라는 사람을 향한 외곬의 그리움이 존재하기 때문이다.

한두 해 전까지만 해도 모든 사람과 두루두루 잘 지내는 사람이 되고 싶었다. 성격이 좋은 사람, 친구가 많은 사람, 모난 곳 없이 밝은 사람이라는 말을 듣고 싶었다. 그런 사람을 속칭 인싸('인사이더'라는 뜻으로, 집단 속에서 적극적이면서 사람들과 잘 어울리는 사람들을 칭함)라고 부른다. 인싸가 되고 싶으니 여러 사람을 만나는 모임에서 돌아오는 길엔 언제나 나를 탓하게 됐다. '나는 왜 이렇게 성격이 좋지 못하지.', '왜 사람들은 나보다 그 사람을 더 좋아하는 거지.' 소규모의 친구들을 만날 때는 문제가 없었다. 나 자신을 성격이 좋지 못한 사람이라 탓하게 만드는 만남은 늘 5명 이상의 모임이었다. 많은 사람 속에서 모든 사람에게 두루 사랑받고 싶다는 욕심은 나를 지나치게 긴장하도록 만들었다. 어떻게 행동해야 할지 몰라 긴장은 되지만 성격 좋은 사람이라는 말을 듣고 싶다는 생각에 나 자신을 있는 그대로 보여 주지 못하고 쿨한 척, 재밌는 사람인 척, 무리해서 행동하게 됐다. 그러다 보니 모임이 있는 날 저녁에는 녹초가 됐다. 낯선 사람들 속에서 꿔다 놓은 보릿자루처럼 있는 게 싫어서 내가 행동할 수 있는 선을 넘는 노력을 하게 되니 피곤한 건 당연했다. 한창 모임이 많았던 그땐 나다운 게 뭔지, 내가 어떤 사람인지 하는 것보다 사람들에게 어떻게 보일지가 더 중요했고, 누구도 싫어하지 않고 호감이 가는 사람이 되고 싶다는 생각에 여러모로 무리를 했었다. 덕분에 나는 꽤 인기가 많고 성격이 좋다는 말들을 듣게 됐다.

그 무렵 프리랜서로 새로운 프로젝트를 맡게 되어 작은 스타트업에서 일하게 됐다. 스타트업의 특성상 함께 회사를 만든 친한 무리가 있었고 그 외에는 새로 들어온 직원이거나 프리랜서였다. 회사의 대표는 나를 코워 파트너로 직원들에게 소개했다. "이쪽은 디자이너로 일하게 된 이현진 씨고, 들은 바에 의하면 아주 인싸시랍니다! 이미 친한 분들도 있고 아닌 분도 있는데 다 같이 잘 지내보면 좋겠네요." 아는 분의 소개로 맡게 된 프로젝트라 잘해 보고 싶었는데, 며칠을 지내보니 멤버들이 모두 좋은 분들인 것 같아 친해지고 싶다는 마음이 커졌다. 일도 잘하고 사람들과도 잘 지내는 좋은 사람이 되기 위해 또 새로운 노력이 시작된 것이다. 그러나 모든 사람이 나를 좋아할 순 없었다. 프로젝트에서도 마찬가지였다. 함께 회사를 만든 원조 멤버 중 한 명이 나를 경계하며 티 나게 다른 사람들과 친하게 지냈다. 담소를 나누는 휴식 시간에도 내가 대화에 끼는 것을 좋아하지 않았고 프로젝트의 중요한 결정 앞에서 나의 의사는 철저히 배제시키거나 정보를 공유하지 않았다. 내가 할 수 있는 건 오로지 나를 싫어함에도 불구하고 친해지기 위해 노력하는 것뿐이었다. 자주 무리에서 제외되곤 했지만 아무렇지 않은 척 밝게 대화에 참여했고, 꼬박꼬박 밥도 같이 먹고 사무실 청소 같은 것도 더 열심히 참여했다. 퇴근 후에도 그가 왜 나를 싫어할까, 어떻게 하면 친해질 수 있을까를 고민하다 보니 어떤 날은 꿈에서조차 무리에 끼지 못하는 꿈을 꾸곤 했다. 그렇게 일방적으로 배제되고 사람들과 친해지지 못한 채로 한 달이 흘렀을 때 그가 나를 빼놓고 회식을 주최했다는 사실을 알게 되었다. 처음 드는 생각은 "기분이 안 좋네."였고 그다음 든 생각은 "친해지려는 노력이 이젠 너무 피곤하다."였다. 나를 잘 아는 사람이 나를 싫어하는 것도 슬픈데 낯선 사람이 무작정 나를 싫어하는 건 반칙이다. 무리에서 환영받지 못했다는 사실을 알았을 땐 차가워진 내 맘을 달래는 것밖에 달리 좋은 방법이 없다.

　'친하지 않으면 그럴 수도 있지, 뭐. 뭘 기대한 거야. 모든 사람이 날 좋아할 순 없어.'

언젠가 TV에서 연기자 라미란이 더 좋은 사람이 되겠다는 가수 강다니엘에게 했던 말이 생각난다.

"좀 나쁜 사람 돼도 돼. 더 좋은 사람이 될 필요는 없어. 너 있는 그대로 살면 돼."

인싸를 양보한 이후로는 더 이상 많은 사람이 나를 좋아해 주길 바라지 않는다. 누군가에게 미움을 받아도 예전보단 마음이 덜 울렁거린다. 나도 미운 사람이 있고 마음으로 얼마든지 미워할 수 있으니까. 어쩔 수 없이 무리 속에서 관계를 노력해야 하는 날에는 집으로 돌아가는 길에 이런 생각을 한다.

"나에겐 나를 사랑해 주는 사람들이 있다. 이런 나라도 언제든 안아 줄 사람이 있다. 나에겐 돌아갈 나만의 사람과 공간이 있다."

진짜 근사한 건

　요즘 세상에는 근사한 것들이 넘쳐난다. 사람도 그렇다. 전문가가 아니어도 누구든 백만 유튜버가 될 수 있고, 아이패드로 그림을 그리고, SNS에서 영향력을 행사하는 인플루언서가 된다. 대단한 것들이 보편적인 세상을 사는 것은 마냥 좋지만은 않다. 쉴 새 없이 마음이 분주해지기 때문이다. 많은 날들이 한 치(3.03cm)의 여백도 없이 불안하고 조급하다. 이렇게 마음이 조급해져 넘어질 것 같은 불안을 느낄 때면 나는 연차를 쓰고 온종일 카페에 앉아 책을 읽거나 보고 싶었던 전시를 보러 가곤 한다. 오늘도 연차를 쓰고 좋아하는 카페로 왔다. 내가 좋아하는 커피를 주문하고 나무가 잘 보이는 창가 자리를 차지하고 앉았다. 마침 카페에 일전에 읽다 만 책이 있어 꺼내 들었다. 완벽한 햇살마저 나의 휴가를 거든다. 연차, 완벽한 햇살과 날씨, 책, 커피, 첼로 연주로 구성된 지금 이 순간이 완벽하게 "행복"이라고 느껴진다.

행복이 뭐 별건가, 이런 거지. 하는 생각이 들 만큼 좋은 봄날이다. 벚꽃은 흩날리고 열린 창으로 아주 적당한 바람이 들어오고, 딱 눈이 부시지 않을 만큼 좋은 햇살이 든다. 창밖을 지나가는 사람들의 걸음은 느리고 꼭 해야 할 일도 없다. 그런데 이상하다. 커피 탓인지 심장이 뛴다. 상황은 완벽히 여유로운데 마치 가스레인지 불을 켠 채로 집을 나와 버린 걸 알아차린 사람처럼 조급한 마음은 뭘까. 내 힘으로 만들어 낸 여유조차 즐기지 못하는 사람이 돼 버린 불안한 감정이 마음에 들지 않는다. 눈을 감는다. 천천히 지금 이 순간을 인지해 본다. 한 치도 조급할 것이 없고 더 잘해야 할 일도, 비교 대상이 되는 그 무엇도 지금은 없다. 진득하게 하나를 생각하지 못하고 몇 분 간격으로 핸드폰을 켜고, 나도 모르게 이따금 발을 동동거린다는 것, 심장박동이 빨리 뛰고 있다는 것, 몸을 앞으로 숙여 긴장하고 있다는 것, 그런 것들을 천천히 느낀다.

　감았던 눈을 떠 한껏 앞으로 기울어져 있는 몸을 뒤로 젖혀 의자에 기대본다. 그제야 내가 손톱을 깨물고 있었단 걸 눈치챈다. 우리는 왜 이렇게 앞으로 기울이고 사는 걸까. 그러지 않아도 되는데. 근사한 것들이 참 많아서 늘 부럽고, 종종 비교되고, 굳이 드러나지 않아도 될 내 부족함들이 드러나곤 한다. 근사한

　　　　　　　　　　　　　　가벼울수록 커지는 행복

것들에 나를 비교해 굳이 불행해지길, 하루에도 몇십 번씩 자처한다. 나에게 없는 것, 나는 못하고 있는 것, 내가 하지 않아도 될 것들을 기어이 "나의 부족"으로 만드는 일을 매일, 매 순간 하고 있다.

누구나 '근사한' 삶을 살고 싶지 않을까? 그런데 '근사한' 건 무엇일까. 사실 근사하고 멋진 것들은 절대적이지 않다. 절대적인 것은 이미 주어진 자연과 세상일뿐이다. 주어진 절대적 재료인 상황과 환경을 어떻게 사용할지는 그저 각자의 의지에 달린 각자의 선택일 뿐이다. 같은 색연필로 어떤 그림을 그릴지, 같은 오늘을 어떻게 보낼지는 오로지 내가 원하는 대로 선택하면 된다.

진짜 근사한 건,
흔들리더라도 마지막에 남는 오직 나만의 선택이다.
진짜 근사한 건, 조급해하지 않는 것.
바람에 흔들리는 나뭇잎을 천천히 바라봐 줄 줄 아는 여유로움,
당신의 마음속에 오랫동안 숨겨온 오직 당신만의 반짝이는 바람이다.

걱정은 딱 5분

　계획이 없어도 '바람을 쐬고 싶다.'라는 생각이 들면 언제든 떠날 수 있는 내가 좋았다. 철저하게 계획해도 계획대로 되지 않는 일은 너무 많았지만, 진짜 하고 싶은 일은 어떤 상황에서도 대부분 하게 된다. 그랬던 내가 사소한 것들에 묶여 작은 일 하나도 결정 내리지 못하는 겁쟁이가 되어가고 있다. 진작에 눈치채긴 했지만 이렇게 중증일 줄은 몰랐다. 혼자서 제주도 '한 달 살이'도 거뜬했는데, 제주도 '2주 살이'를 앞두고 일정, 숙소, 렌트 하나 시원하게 결정하지 못하고 한 달 내내 걱정만 했다. 매일매일 숙소를 찾거나 달력을 보면서 한숨을 쉬다가 숙박 예약 사이트가 지겨워 제주행을 포기했다.

　제주도는 떠올리기만 해도 설레는 곳임에 변함없지만 여행을 대하는 나의 태도와, 떠남에 대한 생각이 많이 달라졌다. 분명 제주도에 가는 것은 즐거운 일이었고, 즐거운 것을 대하는 나의 태도는 이렇지 않았다. 몇 날 며칠을 고민만 하고 오지도 가지도 못하는 어정쩡한 표정으로 노트북을 보다가 즐거운 일조차 업무처럼 처리하는 내가 낯설게 느껴져 노트북을 덮었다. 그리고 나에게 물었다.

'그래서 가고 싶은 거야, 아닌 거야?'

2021년 새해가 되고 내내 혼자 있고 싶다는 생각을 해왔다. 갑자기 하게 된 재택근무로 생전 몰랐던 동생의 업무 취향을 알게 되었다. 동생은 대화 없이 한자리에서 몇 시간을 움직이지 않는, 그야말로 나와는 상극인 업무 스타일을 갖고 있었다. 우리가 함께 일을 해본 적이 있었어야지. 가족이라고 서로의 모든 것을 알고 있는 건 아니라는 걸 같은 방을 쓴지 40년 만에 알게 되었다. 가족이든 부모와 자식 간이든 타인을 온전히 이해한다는 건 역시 불가능에 가깝다. 나 자신을 제외한 타인을 이해한다는 건 '아, 그렇구나.'하고 인정하거나 함께 살면서도 몰랐던 모습을 하나씩 알아가며 서로에 대한 경험을 늘려가는 일이다.

새롭게 알게 된 동생과 나의 다른 업무 취향 때문에 한방에서 재택근무를 하며 눈치를 보기 시작했다. 그러다 보니 맥주를 마시고 영화를 보는 안락한 내 공간이 더 이상 안락하게 느껴지지 않았다. 한 달여의 고민 끝에 더 이상 '혼자 있기'를 미룰 수 없다고 판단한 나는 제주도에서 혼자 보름 정도를 지내보기로 했다. 3월은 봄도 겨울도 아닌 애매한 계절이라 왕복 항공료도 25,000원이었다. 가지 않을 이유는 어디에도 없었다. 꿈에나 그리던 마당이 있는 감귤밭 근처의 주택을 숙소로 정하는 데에 꽤 많은 돈을 들이긴 했지만 그런데도 너무 가고 싶다는 생각에 한 달 적금을 포기하고 떠나보기로 했다.

숙소, 항공료, 짐을 가져갈 캐리어까지 구입하고 나니 또 다른 걱정이 밀려왔다. 이참에 서울에선 겁나서 하지 못했던 운전을 해야 하나, 마당에 의자가 없으면 어쩌지, 어떤 옷을 챙겨가야 하나, 등등 또다시 내일을 사는 미친 나처럼 걱정이 생기는 통에 밥을 먹으면서도, 길을 걸으면서도 제정신이 아니다. 오늘 저녁밥을 먹으며 또 제주에 가서 지낼 걱정을 하다 옷의 앞섶에 쌀밥을 한주먹 흘리고선 머리를 흔들며 생각했다.

"짐은 떠나기 몇 시간 전에 집중해서 싼다."
"문제 해결은 문제가 생기면 그때 한다."
"걱정은 미리 나눠서 하지 않는다."

가벼울수록 커지는 행복

걱정은 연체이자가 아니지만 불어나기 시작하면 연체이자보다 더 지독하게 불어난다. 불어나는 걱정을 방관만 하다가는 너무 커져 버린 덩어리감에 압도되어 겁쟁이가 된다. 더 이상 겁쟁이가 되지 않기 위해 작은 걱정이 생길 때마다 고개를 흔든다. 고개를 흔드는 그 단순한 동작만으로도 사소한 걱정들은 웬만하면 떨칠 수 있다. 걱정은 딱 5분, 그 시간을 넘기면 고개를 흔들자. 정성스레 걱정한다고 일이 해결된다면 지금 우리가 걱정을 할 필요도 없을 테니까.

일상의 박자

"강약약 중강 약약" 길을 지나가는 꼬맹이가 중얼거린 그 말이, 한참 "약약"구간에 빠져있는 나의 뇌리에 박혔다. 어릴 때 피아노 학원에서 많이 듣던 바로 그 박자다. 손가락을 꿈틀거리며 그 리듬을 외우던 때가 떠오른다. 음악엔 박자에 따라 정해진 규칙인 '셈여림'이란 게 있다. 이 셈여림은 음의 세기를 나타내는 말로, 음악의 에너지를 조절하고 분위기나 세기, 빠르기를 조정함으로써 음악을 더욱 풍성하게 만들어주는 중요한 요소이다. 2박자는 첫 박이 강 둘째 박이 약, 4박자는 강약중강약, 6박자는 강약약 중강약약. 박자에 따라 '강'과 '약'으로 표현을 한다는 규칙인 셈인데 가끔 강박의 자리에 쉼표가 있는 예외의 경우에는 약박의 자리에서 강박을 표현하게 된다.

음악에는 강박을 위한 약박이 있듯이 우리의 일상을 가만히 들여다보면 음악과도 같은 셈여림이 숨어있다. 약박의 날, 강

　　　　　　　　　가벼울수록 커지는 행복

박의 날, 중강박의 날들로 이루어진다. 지난주는 piano(여리게,p), 오늘은 forte(세게,f)! 가끔은 pianissimo(매우 여리게, pp)인 날도 있다면 어떤 날은 fortissimo(매우 세게, ff)로 하이라이트가 되는 날도 생긴다. 이런 다양한 강약들이 모여 사람마다 다른 음악을 만드는 게 우리의 일상이다. 누군가는 클래식을 만들고 누군가는 힙합으로 세상을 평정하기도 하고 누군가는 자유로운 히피 음악으로 나만의 리듬을 만들며 살아가기도 한다.

　나의 지난주는 pianissimo(피아니시모, 매우 여리게)였다. 괜한 것에도 짜증이 나고 화가 나지 않을 일에도 화를 내서 주변을 당황스럽게 만들기도 했다. 집으로 돌아오는 길에는 주변을 당황케 한 내 모습이 낯설어 나 자신을 탓했다. 그럴수록 Decrescendo(데크레셴도), 점점 약해지는 나를 마주해야만 했다. 나에게 일어나는 모든 일에 예민해지고, 지나치게 생각하고, 과하게 받아들이니 한없이 초라해지는 자신을 계속 확인하게 되는 것이다. 어디가 끝인지 모르게 점점 약해지던 찰나, 다음 박자를 준비하듯 자연스레 crescendo(크레셴도), 점점 세게 가야 하지 않나 하는 생각이 들었다. 한없이 약해지기만 해서는 내 평화로운 마음의 호수를 지킬 수가 없었기 때문이다.

나를 자꾸만 화나게 하는 게 타인이라고 생각했지만, 나의 리듬이 점점 약해지는 Decrescendo(데크레센도) 구간일 뿐이라 생각하니 타인을 탓하지 않게 된다. 나로 인해 눈살을 찌푸렸을 사람들을 떠올리며 지난 순간의 나를 부끄럽게 생각했다. 언제나 같은 박자와 리듬을 유지하는 사람이 되고 싶지만, 일상은 이렇게 다양한 리듬으로 우리의 삶을 풍요롭게 만드는 것일지도 모르겠다. 이 구간 동안의 어쩔 수 없었던 나를 탓하기보다 점점 세지는 crescendo(크레센도)의 회복력으로 또 다양한 일상의 박자들을 만들어 가야 했다. 우리에겐 다음 일상의 박자가 기다리고 있으니까.

우리는 지금 한 박자 한 박자를 매우 신중하게 살고 있고 당장의 약박 때문에 세상이 끝날 것 같은 좌절감을 느끼곤 하는 음표 하나일 뿐이다. 그렇기에 인생이라는 긴 연주곡을 한 곡으로 보지 못하는 건 당연하다. 그러나 어제 나의 음표에 딸린 리듬, 내일 나의 리듬에 따라 자연스럽고 충실하게 살다 보면 나만의 멋진 곡이 완성한다는 사실을 잊지만 않는다면 당장의 작은 약박에 그리 흔들리지 않을 수 있다. 매우 센 구간인 fortissimo(포르티시모)에 도달하고 보니 지난주의 나는 지금까지의 리듬 중 하나였을 뿐 부끄러울 것도 후회할 것도 없는

가벼울수록 커지는 행복

내 연주곡의 중요한 음표가 되었다. 이만큼 곡을 완성했으면 대충 어떤 장르의 음악인지 알겠다는 세상 사람들의 말과는 달리, 나의 일상음악은 어떤 음악으로 완성될지 모른다. 그건 나의 오늘과 내일에 의해 결정될 오직 나만의 음악이기 때문이다. 그러니 사람들의 말도 안 되는 추측 때문에 오늘 나의 음표를 수정할 필요는 없다. 지난해의 내 악보를 부끄러워할 필요도, 지나간 나의 악보들을 후회할 필요는 더더욱 없다. 지나간 나만의 악보는 연주해보며 즐기면 된다. 그 음악에 따라 나의 오늘과 앞으로 올 나의 날들을 어떤 리듬으로 채워나갈지, 우리는 그것만 생각하면 된다. 내 일상의 박자와 삶이라는 음악에는 나 이외의 어떤 타인의 리듬도 기록될 수 없다. 그것이 나라는 음악의 유일한 규칙이다.

지금 pianissimo(피아니시모, 매우 여리게)의 리듬인 친구가 있다면 나는 이렇게 말해주겠다.

"강약약중강약약, 다음 박자는 '강'이니까 너무 걱정하지 마. 우린 그저 이 일상의 박자를 즐기면 돼."

03

내가 좋아하는 모습으로 살아도 돼

50미터 너머를 볼 것

　주기적으로 안과에서 인공 눈물을 처방받는다. 처음 눈이 건조해서 안과에 갔을 때 인공 눈물의 존재를 알고 정말 좋은 세상이라고 생각했다. 눈물마저 인공적으로 주입해 줘야 한다니, 한편으론 짠했지만.

　세상을 보는 나의 눈이 건조하다는 걸 알게 된 이후, 당연한 듯 내 눈물을 주기적으로 처방 받는다. 메마른 것들이 늘어남에 따라 가방 속에 챙겨야 할 소지품도 점점 늘어난다. 핸드크림, 헤어 오일, 인공 눈물, 립밤 등. 산다는 건 점점 메말라가고 챙겨야 할 건 많아진다는 걸 정직하게 모든 시간을 통과하고서야 온전히 이해하게 된다. 메말라 가고, 챙겨야 하는 까다로움이 늘고, 딱 그만큼 거추장스러워지는 것. 삶에 대한 내 느낌이기도 했다.

　언젠가 습관적으로 안과에 간 날 의사 선생님은 인공 눈물이

　　　　　　　　　　내가 좋아하는 모습으로 살아도 돼

아닌 자연 눈물이 나오게 하는 방법을 알려 주겠다며 대뜸 창밖 저 멀리 파란 지붕을 쳐다보라고 하셨다. 파란 지붕 뒷집 옥상에서 누군가 빨래를 널고 있었다. 선생님은 말씀하셨다.

"요즘 사람들은 눈앞의 것만 보고 살잖아. 그게 문제지. 가까운 것만 보고 살면 평생 인공 눈물 넣어야 돼. 가끔 눈이 뻑뻑하다 싶을 때 저 멀리 50미터 너머를 쳐다봐. 그럼 자연적으로 눈에 기름이 핑 돌 거야."

인공 눈물만큼 확실하게 건조함을 해결해 주진 않았지만 파란 지붕 너머 빨래를 널고 있는 여자의 움직임을 응시하고 있자니 눈이 조금 촉촉해지는 느낌이 들었다. 사람의 눈은 기계가 아니라 멀리 또는 가까이 초점을 달리 하다 보면 이렇게 촉촉함이 분비되기도 하는 거였다. 병원을 나오며 나도 남들처럼 너무 눈앞의 것만 보고 사는 게 아닐까, 하는 생각이 들었다. 마음먹은 대로 살던 곳을 자주 떠나진 못하더라도 멀리 있는 것들을 쳐다보는 것 정도는 할 수 있는 거였는데, 손쉽고 빠른 방법에 익숙해진 것 같다. 눈앞에 주어진 이 작은 것들이 내 인생의 전부는 아닌데 가까이서만 보다 보니 아주 작은 것들이 전부인 줄만 알고. 회사라는 공간도 멀리서 보면 아주 작은 공간이지만 그 공간에서 많은 시간을 보내다 보니 그곳에서의 내가 전부인 것처럼 느껴졌다. 드넓은 우주 속 다양한 모습의 내가 아닌 아주 작은 공간 속 내 모습만으로 자신을 평가하다 보면 누군가의 말 한마디를 일상의 작은 조각으로 여기지 못하고 그 말이 내 세계를 평가하는 전부가 되는 오류를 범하게 된다.

사실 우리가 사는 일상이 언제나 윤기가 돌진 않는다. 어떤 삶이 늘 반지르르하기만 할까. 눈이 뻑뻑할 때 50미터 너머를 잠깐 보는 것으로 메마름의 흐름을 끊듯이, 가끔이라도 눈앞의 문제들에서 조금 멀어질 수 있다면 그래도 조금 견딜 만하지 않을까. 지금 보이는 저 사람과 나의 간격 속에서 마음의 수분이 말라 갈 때는 옥상으로 가기로 했다. 바람을 쐬며 눈을 감고 이번 주 일요일로 가 본다. 지금 누군가와 문제가 생긴 사람도 나지만 일요일이 되면 마음에 드는 원피스를 하나 사고, 먹고 싶었던 케이크를 먹으러 갈 나이기도 하니까. 다음 달에는 경주로 여행을 갈 자유로운 나이기도 하고, 제주도엔 가기만 하면 반겨주는 친구가 있는 나이기도 하다.

삶이 메말라 갈 때 우리가 해야 할 일은 해외여행이나 대단한 무언가가 아니다. 잠시 저 창밖의 한강을 말없이 쳐다보는 것, 여름을 뽐내고 있는 초록색 이파리에 내 눈의 초점을 맞추는 것, 지금 당장 먹고 싶은 것을 먹는 것, 그런 것들이 아닐까. 빠른 시대의 흐름에 따라 근시안적 삶을 살게 된 우리가 해야 할 일은 엄청 멀리도 아니고 단지 50미터, 그 너머를 쳐다보는 것이다. 가까운 곳만 보고 살면 우리의 일상은 건조해지기 쉽다. 가끔 원시안적 시야로도 사는 거다. 가까이, 멀리, 초점을 왔다 갔다 하다 보면 내 시야도 균형을 잡을 것이다. 근시안적 관점으로 보면 눈앞의 얼룩도 커 보이지만 원시안적 관점으로 생각하면 그것쯤은 전혀 문제가 되지 않는다. 그러니 우리 지금 당장 50미터 이상의 그곳을 바라보자. 오늘 나의 일상에 약간의 촉촉함이 생길지도 모른다.

나쁜 사람이 되지 않는 것만으로도

대학을 졸업하고 여러 관계가 늘어나면서 여자로서 하나의 로망은, '좋은 선배'가 되고 싶었다. 학교에서, 직장에서, 살면서 맺게 되는 모든 관계 속에서 가뭄에 콩 나듯 있는 좋은 여자 선배들은 언제나 남편을 따라 타지역으로 가 버리거나 임신, 출산, 육아로 인해 관계가 곧잘 끊어지곤 했다. 회사에서도 마찬가지. 잘 버텨 내는 사람들은 입을 모아 한 사람의 좋은 선배가 있어 버틸 수 있다고들 했다. 언제부턴가 내가 회사에서 잘 버티지 못한다는 사실을 알게 되었을 때 남녀 불문 믿을 만한 나의 한 사람이 없다는 생각이 들었다. 그러니 여자로서는 오죽하겠는가. 그렇다면 내가 좋은 선배가 되어 주어야겠다고 생각했다. 어려운 순간마다 내게 도움이 됐던 좋은 선배들을 떠올려 보니 좋은 선배란 건 단순히 성품이 좋거나 나를 잘 위로해 주는 사람이기보단, 악습들에 휘둘리지 않고 내 생각에 단단한 연대를 표해 준 사람이었다. 나쁜 사람이 되지 않는 것만으로 그들은 수많은 사람에게 좋은 사람이 될 수 있었던 것이다.

언젠가 모델 한혜진의 대화를 TV에서 본 적이 있다. 예능 프로에서 한자리에 모인 후배 모델들과 "모델계의 악습을 끊은 언니들"이라는 주제로 이야기했다. '운동선수 vs 모델 군기 문화, 어디가 더 셀까?' 하는 다른 패널의 질문에 그녀는 이렇게 말했다. "(후배에게)야! 군기가 있기는 하냐? 제가 후배들 군기 잡는 거 보셨어요?" 군기를 잡는다는 이유로 이유 없이 꼬투리를 잡고, 개인적이고 사소한 일들로 수시로 집합시키는 등의 모델계에 만연한 악습을 한혜진과 동료 모델 장윤주, 송경아 3인방이 없앴다고 했다. 이에 다른 패널들은 악습을 끊은 사람의 이름을 꼭 언급해 줘야 한다며 그들을 "박수받아 마땅한 모델 선배 3인방"이라고 표현하기도 했다. "윤주 언니랑 경아 언니가 악습을 없앤 거죠!"라고 말하는 한혜진을 보며 부러운 마음이 듦과 동시에 속이 시원했다. 그리고 이런 생각이 들었다. '누군가에게 좋은 사람이 되어 주는 건 힘들지 몰라도 나쁜 사람이 되지 않는 것은 가능하지 않을까?'

생각해 보면 우리는 누군가에게 좋은 사람이 되려는 노력만 했지, 나쁜 사람이 되지 않는 노력은 하지 않는다. 사람들의 관계를 들여다보면 상황과 디테일은 달라도 나쁜 사람에 대한 맥락은 크게 다르지 않다. 연말연시 미디어에서 자주 등장하는 질문인 "싫은 유형의 직장 상사는?"에 대한 대답은 대부분 우리의 고개가 끄덕여질 만한 범위 내의 대답들이다. 내가 흔히 겪었던 나쁜 선배의 가장 대표적인 예는 예의와 나이, 직급 등을 악용하는 사람이었다. 나보다 나이가 어리고 직급이 낮은 사람이 나보다 약자라는 의미가 아님에도 약자가 되어 버리는 경우가 부지기수다. 상하 관계가 유난히 적성에 맞지 않다고 생각하는 나에게 대학생이었던 당시 한 선배는 이런 말을 했다. "넌 후배로서는 영 별로야. 선배 말을 안 들어. 첫째라면서? 선배들이 바라는 좋은 동생, 뭔지 모르겠어?" 그 이후로도 비슷한 류의 말을 회사에서 들은 적이 있다. 서울살이 0.6년 차, 첫 직장에서였다. "나, 이 업계에서 10년 차야. 그럼 알아서 굴어야지. 막내면 막내답게 사무실 동료들 커피도 타 놓고 컵도 씻어 놓고 그래야지. 넌 눈치가 없는 거야, 성격이 별로인 거야?" 나는 그 회사에서 2주 만에 나왔다. 한 업계에서 15년을 굴러먹은 지금도 이해할 수 없는 논리다. 만약 경험이 조금 적고 나이가 어리다는 이유로 상대를 약자 취급할 권리를 누리고 싶다면 약자를 보호하는 의무도 따라야 한다. 선배라는 단순한 이유로 후배를 통제하려 드는 게 당연하다는 식의 논리로는 어떤 후배에게도 나쁜 사

　　　　　　　내가 좋아하는 모습으로 살아도 돼

람이 되지 않을 이유가 없다.

　몇 년 전 할배들이 유럽 여행을 떠나는 프로그램인 [꽃보다
할배]에서 이순재 할아버지는 이런 말씀을 하셨다. "나이 먹었
다고 주저앉아서 어른 행세하고 대우받으려고 하면 진짜 늙어
버리는 거야." 가끔 후배들에게 깍듯한 선배 대접을 받고 나면
멀어지는 기분이 들었다. 나이를 먹는다고 대화의 여지가 사라
지는 게 싫다. 나이가 많건 적건 말이 안 통하는 사람이 되고 싶
지는 않다. 나이의 아래위와는 상관없이 적어도 나쁜 사람이 되
지는 말자는 생각으로 관계를 맺으면 좋은 선배나 좋은 사람이
되어야 한다는 부담이 없어서 좋다. 이것이 내가 후배나 막내들
에게 친절한 이유이고, 절대로 윗사람 대접을 받으려 하지 않는
이유다. 동생이 둘인 내 생각에 정말 누군가가 동생처럼 느껴진
다면 "내가 너 동생처럼 생각해서 하는 말인데" 같은 말 따윈 필
요 없다. 말없이 그냥 도와주면 된다. 좋은 선배가 되어 주는 현
실적인 방법은 나쁜 선배가 되지 않는 것이다. 매뉴얼 같은 어
떤 법칙들이 선후배 관계의 오랜 전통이라 하더라도 그것이 악
습이라면 없어져야 하며, 나쁜 행동을 하지 않는 게 내가 할 수
있는 일이라면 하지 않아야 한다. 누군가에게 나쁜 사람이 되지
않는 것만으로도 우린 충분히 좋은 사람이 될 수 있다.

난 나쁜 년이 좋더라

내가 혹시 결혼해서 딸을 낳는다면 절대 착한 사람 되라고 말하지 않을 거야. '나쁜 년'으로 키울 거야. 내 말 잘 듣는 착한 딸 말고 자기 인생에 집중하고 자신만의 행복을 선택할 줄 아는 나쁜 년 말이야. 사람들은 그걸 나쁜 년이라고 하더라. 근데 참 이상해. 내가 본 나쁜 년들은 다 착했어. 솔직하고, 누구보다 마음 따뜻하고, 울 땐 울고, 욕 나올 땐 욕하고. 나쁜 년의 가장 큰 매력은 확실하게 나쁜 년이 될 줄 안다는 거지. 너도 알지, 정민이. 내가 아는 한 가장 나쁜 년에 가까운 친구거든. 정민이가 그러더라. 애매하게 착해서 나쁜 년, 호구 소리 둘 다 듣는 것보다 차라리 나쁜 년 소리 듣고 확실하게 웃는 게 낫다고.

세상이 호구 아니면 나쁜 년, 두 가지로 나뉘는 것도 아닌데 이상하게 호구가 아닌 사람들을 나쁜 년이라고 하더라. 그래서 그냥 그렇다고 쳤어. '아, 나는 호구가 되긴 싫으니까 나쁜 년 해

내가 좋아하는 모습으로 살아도 돼

야겠다.' 하고. 인간관계에서 나쁜 일이 생겼다고 하면 사람들의 제일 첫 번째 반응이 뭔 줄 알아? "네가 뭘 얼마나 잘못했길래?"

생각해 보면 맥락 없이 사람 싫어하고, 그걸 마음속으로 끝낼 줄 모르고 악플 달아서 누구 하나 죽고 싶게 만드는 사람들 너무 많잖아. 그래 놓고 다음 날 뻔뻔하게 출근해서 가면 쓰고, 일관성 없는 태도로 여러 사람 미치게 하고, 의사소통 안 되는 책임감 없는 사람, 주변에 꼭 있지 않아? 생각보다 많이. 자기만 아니면 된다고 생각하는 걸까? 왜 사람들은 약자가 꼭 뭘 잘못해서 당했다고 생각하는 거야? 아니 애초에 착한 사람이 왜 약자인 거지? 별 이유 없이, 갑자기, 앞뒤 없이 사람 상처 주는 게 또라이 아냐? 대체 언제부터 호구의 상징이 착한 게 된 거야?

15년가량의 회사 생활을 하며 느낀 건 '착하면 안 된다.'야. 혼자 일 잘하면 나대는 거고 뒷말 잠재우려면 그것들 누르고 올라가야 해. 오죽하면 직급이 깡패라는 말이 있어? 여자의 적은 여자, 직급이 깡패, 이런 말 난 너무 싫더라. 그런데 그게 현실이래. 회사원으로선 내가 나이 먹고 그나마 과장인 게 얼마나 다행일 때가 많은지 몰라. 우리끼리 아웅다웅하며 살아서 잘 모르는데, 우리 명함이 그렇게 별 영향력이 없잖아. 퇴근하면 쓸모도 없는 명함 그거, 하루에 딱 8시간 써먹고 버리는 거야. 그런데 그거 하나 갖자고 상처 주고, 괴롭히고, 밟고, 기꺼이 또라이로 변신하더라. '당하고만 있을 수는 없지.' 하는 생각이 들 때 나쁜 년이 되는 연습을 하는 거야.

예전엔 죽도록 참았었는데 이제 딱 한 번만 참고 두 번째는 안 참아. 두어 번 권유해서 안 바뀌면 그 사람이랑 일 안 해. 내가 마더 테레사도 아니고 착한 척 참아봐야 '호구 나쁜 년' 같은 정체성도 없이 애매한 욕이나 듣지. 그게 뭐야. 차라리 나쁜 년이 낫잖아. 예전에 나랑 친한 동료가 그러더라. "팀장님, 왜 애매하게 살아요? 하나만 하세요, 하나만. 나 팀장님 좋은데, 가끔 보면 진짜 애매해. 나쁜 년이야, 호구야? 노선을 정해야 내가 어떻게 대할지 정하지."

좀 충격이었어. 나는 내가 착한 줄 알고 엄청 많이 참아 주고 있었거든. 근데 '호구 나쁜 년'이라는 거야. 웃기지 않아? 착한 과는 아니니까 차라리 나쁜 거 하라더라. 그땐 그 말을 듣는데 나쁜 년 소리 듣기가 싫더라고. 난 분명 착한 사람인데, 하면서. 레벨이 안 됐던 거지. 본격적으로 나쁜 년이 될 레벨이.

그 살벌한 마음들을 다 지나고 나니 이제 나쁜 년 소리 듣는 게 무섭지 않아. 그냥 나쁜 년하고 가끔 할 말도 하면서 내 마음도 좀 챙겨야 매번 울면서 무너지지 않지. 내가 나쁜 년이 되니까 마음에 띄엄띄엄 공간이 좀 생겨. 내 실수에도 조금 관대해지고 내 기분도 좀 살피고. 착한 사람이 되고 싶을 때는 착하다는 평가를 받는 순간이 기뻐서 자꾸 속상해지고 작아지고 쭈글쭈글해졌거든? 나쁜 년이 된 지금은 아주 가끔 어쩌다 한 번 속상하고, 실수를 많이 한 날에도 무너지지 않아서 좋아. 나쁜 년은 그래도 되거든. 실수해 놓고 "어쩔 수 없네요?" 하고, 하고 싶은 말 막 내뱉고 그래도 되는 거거든. 나쁜 년 소리만 들었지 정작 나는 점점 순해진다니까? 마음 편하고 순둥이 같은 내가 점점 마음에 들어.

내일의 허름한 나를 걱정하지 말 것

　건강에 빨간불이 제대로 켜졌다. 때마침 코로나바이러스로 기침 한번 편하게 하지 못하는 시대가 도래했다. 일단 건강을 수습해야 했다. 각종 검사와 이런저런 처방으로 빨간 불을 조금 꺼뜨리고 나니 작가고 뭐고 그냥 회사원으로 말끔하게 돌아와 있었다. 점심시간이 유일한 낙이고 퇴근하면 '오늘 뭐 하지?'가 유일한 물음표인 직장인. 주말이 되면 뭘 해야 할지 몰라 고민만 하다가 침대에서 후회의 일요일을 맞이하는 회사원. 일요일 밤엔 어김없이 어두운 미래를 걱정하며 잠을 설치는 뼛속 깊은 회사원으로.

　이제는 회사원으로서의 나조차 내일에 확신을 가질 수 없다. 나도 나에게 확신이 없고 회사도 점점 확신에서 불안으로 변해 간다. 언제든 다시 회사로 돌아갈 수 있는 나이를 지나 '무조건 회사에서 버텨야 한다.'라는 말을 듣는 나이가 된 것이다. 내 허

　　　　　　　　　내가 좋아하는 모습으로 살아도 돼

름함에 적신호가 켜졌다. 마흔부터의 인생 2막은 직장이 아닌 진짜 내 직업을 찾고 여러 가지의 나로 너그러이 살자고 다짐했지만 쉽지 않다. 하긴 내가 언제 목표를 가지고 한곳만 보며 달려가는 삶을 살았다고 새삼 거창한 인생 계획을 세운단 말인가. 계획 없이 사는 것, 순간에라도 충실한 것, 그게 내가 사는 방법이 아니었던가.

　나는 늘 무언가가 되려 하면 아무것도 되지 못했다. 그래서 이젠 목표를 정하지 않는다. 무언가가 되려고 어떤 일을 하는 게 아니라 지금 이 순간 할 수 있는 것들, 좋아하는 것들을 습관처럼 찾는다. '그런 날들이 차곡차곡 쌓이면 뭐라도 되겠지.'라고 생각하면서. 가끔 일요일 밤에 내일의 허름한 나를 걱정하느라 머리를 절레절레 흔들긴 하지만 좋은 순간을 많이 보내다 보면 무슨 길이라도 생기겠지 하고 생각해 버리기로 한다. 어차피 뜻대로 되지 않는 인생, 내일의 허름한 나를 미리 걱정해도 소용이 없는 것이다.

　걱정은 무언가가 되려 하는 사람에게, 무언가를 가지고 싶어 하는 사람에게 찾아오는 무언의 허들 같은 것인지도 모른다. 길을 가다 갑자기 만난 허들이 눈앞에 있으면 겁도 나고 걱정이 앞서는 게 인지상정이지만 '걱정'이라는 형체도 없는 허들을 우리가 굳이 넘을 필요는 없다. 그 허들에 걸려 넘어질 필요는 더 더욱 없겠다. 인생은 이처럼 뜻대로 되지 않기에 지금 순간을 최대한 많이 살다 보면 나쁜 일이든 좋은 일이든, 아무튼 생겨난다. 이런 일 저런 일 다 생길 테니 실망도 좌절도 하겠지만, 기대치 못한 순간에 내 뜻 이상으로 커다란 행복감을 느끼게 되기도 한다. 그러니 인생이 뜻대로 되지 않는다는 말을 긍정이나 부정, 한쪽으로만 기울여 단정 짓지 말자. 내일의 허름한 나를 걱정하기보다 조금이라도 덜 허름한 오늘의 나를 즐기는 쪽이 삶을 잘 사용하는 유일한 방법이다.

내가 좋아하는 모습으로 살아도 돼

⋮

　자발적 백수가 된 후 충분히 쉬고, 충분히 울고, 충분히 원망하고, 화를 냈다. 그러고 나니 삶의 울컥이 없어졌다. 울컥하느라 먹어 댄 불닭 볶음면이 더 이상 당기지 않았다. 한 잔의 와인을 느긋하게 마셨다. 울컥하느라 부르튼 위장에 주입됐던 매일의 맥주는 이제 더 이상 필요치 않았다. 마음속 모든 상처가 회복된 기분이었다. 그래서 나는 다음 날 이력서와 자기소개서를 수정했고 포트폴리오를 다시 꺼냈다.

욕먹기 싫어서

　세상에 욕먹고 싶은 사람이 어디 있을까? 먹고 싶지 않아도 자꾸만 먹히는 욕이 싫어서 우리는 매번 노력을 한다. 좋은 말을 듣기 위해서도 아닌 욕을 먹지 않기 위해서 노력하는 삶이란 얼마나 허무한가. 앞뒤 없는 욕에 휘둘리긴 싫지만, 자꾸만 흔들거리는 나를 똑바로 일으켜 세우느라 오늘도 나의 하루가 고단하다.

　작년 여름 방송된 [캠핑클럽]이라는 프로그램은 각자의 길을 가고 있는 가수 '핑클'이 모여 함께 캠핑을 떠나는 이야기다. 캠핑카를 타고 아름다운 자연을 찾아 함께 먹고 자고 생활하는 과정에서 그간의 방송에서는 들을 수 없던 진솔한 이야기를 들을 수 있어 많은 사람의 공감을 샀다. 당시 그 방송을 보며 매우 공감했던 말이 있다. 핑클의 멤버인 성유리가 자신의 지난 시간을 회상하며 말했다.

　　　　　　　　　　　　　　　　内가 좋아하는 모습으로 살아도 돼

"욕먹지 않으려고 20년을 살아온 것 같아. 그래서 내가 뭘 원하는지 모르겠어."

우리가 다른 사람들에게 욕먹지 않기 위해 노력을 하는 동안 그 노력의 모든 기준은 타인이 된다. 내 삶의 모든 것이 타인의 기준 안에서 정해지고 내 기분이나 감정마저도 저 사람이 욕하지 않는 선에서 억제하게 되는 것이다. 이 말을 듣고 획 바꾸고 저 말을 듣고 획 바꾸는 흔들거리는 삶을 지속하다 보면 의문이 생긴다. 나는 누구일까. 나는 어떤 것을 좋아하는 사람일까. 어떤 사람이 되고 싶은 걸까.

프리랜서 디자이너로 일하며 한 회사와 연속으로 작업을 한 적이 있다. 그 회사의 아이덴티티 컬러는 노란색이었다. 첫 번째 프로젝트에서 담당자가 제공해 준 컬러대로 작업을 했더니 노랑이 너무 차갑게 느껴져 회사의 이미지와 맞지 않는다고 했다. 같은 컬러 값이어도 인쇄 환경이나 종이 질에 따라 다르게 나올 수 있음을 알기에 다음 작업에는 제공해 준 컬러 값을 사용하지 않고 노랑에 빨강을 조금 섞었더니 자기 회사 컬러가 아니라고 했다. 그래서 세 번째 프로젝트 때 다시 원본 컬러를 사용했더니 왜 그렇게 줏대 없이 오락가락하냐는 것이다. 그때 나는 생각했다. "남의 말만 들어준다는 건 줏대가 없는 거구나."

디자인이란 건 보는 사람마다 의견이 다른 문제라 그들의 말을 모두 귀담아들을 필요는 없다는 걸 알면서도 내가 공들여 만든 결과물이라 쿨해지기가 쉽지 않다. 더구나 결과물을 보는 사람이 클라이언트나 권력자라면 그놈의 줏대를 세우기는 절대적으로 어렵다. 줏대와 수렴의 사이에서 합의점을 찾아내는 게 프로라는 생각에 오늘도 합의점을 찾기 위해 수많은 고민을 한다. 한번은 내가 디자인한 결과물을 본 회사 대표님이 본인이 컨펌했지만 결과물이 이렇게 마음에 안 들지 몰랐다며 나를 세워 둔 채 물류센터로 전화해 모두 불태워 버리라고 말하는 것이다. 그리고 덧붙였다. "디자인을 전공한 게 맞아?", "넌 정말 최악이야.", "넌 정말 형편없구나!"

마음에 들지 않을 수 있다. 싫을 수 있다. 얼마나 마음에 안 들면 불태워 버리라고 했을까, 죄송한 마음이 들면서도 화가 난다고 이렇게 막말을 마구 해 대나 싶었다. 대표의 책상 앞에 서서 두 손을 모으고 고개를 떨군 채 형편없다, 최악이라는 말을 듣고 있는 나 자신이 수치스럽게 느껴졌다. 마음속으로 나에게 수십 번 물었다. '나는 이런 말을 들을 정도로 형편없는 사람인가?'

20년 가까이 '수치심'과 같은 현대인이 겪는 불안한 감정에 대해 연구해 온 브레네 브라운 교수는 [수치심 권하는 사회]를

내가 좋아하는 모습으로 살아도 돼

통해 "수치심은 폭력만큼 위험하다."라고 말하며 "죄책감과 수치심은 둘 다 자기 평가에 대한 감정이지만 대부분의 학자는 그 차이가 '나는 나쁘다'(수치심)와 '나는 나쁜 짓을 했다'(죄책감)라는 데에 동의한다."라고 덧붙여 설명했다.

　만약 내가 먹은 욕이 "이번 프로젝트의 디자인이 별로야." 였거나 "이번 일이 좀 만족스럽지 않다." 였다면 죄책감을 느끼는 데에 그쳤겠지만 이번엔 달랐다. 제대로 내 존재에 대한 욕을 먹은 느낌이어서 정확히 수치스러웠다. 일단 다시 작업하겠다고 말하고 사장실을 나왔다. 사장실에서 흘러나오는 소리를 엿들은 회사 동료들이 내 자리로 몰려왔다. 괜찮냐고, 그는 원래 화가 나면 막말을 하는 사람이니 신경 쓰지 말라고 했지만, 그들도 꽤 충격을 먹은 모양이었다. 의외로 덤덤한 내 반응에 의아해하는 사람도 있었다. 무지막지한 욕을 먹은 직후라 그런지 얼떨떨한 것이 이상하게 덤덤했다. 처음으로 멘탈이 강하다는 이야기도 들었다. 으쓱했다. 수치심을 느낄 만한 쌍욕을 먹고도 의연하다니, 나 많이 단단해졌구나 생각했다. 그러나 그날 저녁, 친구의 메시지 한 줄에 눈물이 줄줄 흘렀다. 나는 내가 괜찮은 줄 알았지만, 그 충격적 단어를 내 온몸이 흡수하고 있었다는 걸 친구의 한마디에 알게 되었다.

"야 그런 개소리에 단 1%라도 너를 의심하지 마. 알겠지!! 그런 밑도 끝도 없는 쌍욕에 마음 한편 내주는 것도 아깝다. 내가 알아, 넌 지금도 충분히 잘하고 있어."

나는 순간의 수치심으로 생각보다 더 큰 충격을 먹은 나를 애써 토닥이고 있었던 것 같다. '나는 괜찮다. 욕먹은 것 따위는 괜찮다. 그건 내 잘못이 아니다. 그냥 그 사람의 인성 문제일 뿐, 나는 진짜 진짜 괜찮다.'

하지만 나는 괜찮지 않았다. 자신의 존재에 대해 욕을 먹고 괜찮은 사람이 있을까? [미움받을 용기]라는 책을 다섯 번도 넘게 정독했지만 결코 그 용기는 생기지 않았다. 친구의 말처럼 그냥 그 욕에 내 마음을 단 한편도 내어 주지 않는 것이 유일한 방법이다. 욕먹지 않는 세상이야 바라지 않는다. 다만 근거 없는 욕을 먹어도 휘둘리지 않기를, 줏대를 딱 세우고 명확하게 볼 수 있기를 바란다. 사전에서는 '줏대'를 [사물의 가장 중요한 부분을 일컫는 말로, 자기의 처지나 생각을 꿋꿋이 지키고 내세우는 기질이나 기풍]으로 정의한다. 어설프게 배려한답시고 많은 말들을 다 수용하고 흔들릴 게 아니라, 나의 줏대를 똑바로 세우고 그것을 지켜나가다 보면 어이없는 비난을 순간의 해프닝으로 여기고 가뿐하게 지나칠 수 있을 것이다.

내가 좋아하는 모습으로 살아도 돼

욕먹을 걸 알고 무언가를 열심히 하는 사람은 세상에 없다. 욕먹지 않으려 아무리 노력해도 결국 욕을 먹고야 마는 게 인생이라면 아주 작은 것들부터 나만의 줏대를 가지고 내 마음대로 해 볼 일이다. 책 [수치심 권하는 사회]에서는 "수치스럽게 하거나 무시하는 것으로 타인의 행동을 변화시킬 수 없다."라는 내용이 있다. 타인을 변화시킬 수 없는 무의미한 말들에 휘둘려 주눅 들기보다, 일단 내 마음이 내키는 대로 행동하고 욕을 먹으면 억울한 마음이나마 조금 덜하지 않을까. 오히려 내 마음이 시키는 대로 했을 때 더 자연스러운 결과가 생기는 경험을 하나씩 하다 보면 욕을 먹어도 마음이 휘청거리지 않고 가뿐하게 내 갈 길을 가게 될 것이다.

⋮

면접을 앞두고 회사 동료에게 "어떤 사람이 새 동료가 되면 좋겠냐"고 물었더니 그는 이렇게 답했다. "마음이 따뜻한 사람이요. 마음만 따뜻하면 뭐든 다 같이 할 수 있어요."

그의 대답에 함께 있는 사람들은 한마음으로 끄덕였다. 그렇다. 나이를 먹으며 우리는 조금씩 무뎌지지만, 여전히 따뜻한 것을 마음에 품고 산다.

"마음이 따뜻한 사람과 함께 일하는 것"

어쩌면 그게 우리가 바라는 동료상의 전부일지도.

사랑하는 책을 질릴 때까지 먹어 주는 것

줄을 긋는 책은 다시 읽을 책.
다시 읽는 책은 계속 찾을 책.
나의 정독법.

많이 가지려는 것, 빠른 것, 얽매이는 것보다 틀을 깨고, 비우고, 버리고, 낡는 것을 좋아한다.

버려진 것에서 쓸모를 발견하는 것, 인기가 없어 화면에서 사라져버린 영화에서 감독의 숨은 의미를 발견해 내는 것, 모두가 아니라고 하는 것에서 아니라고만은 할 수 없는 것을 발견하는 것이 재밌다. 누가 잘 정리해 놓은 어떤 영화의 교훈 말고, 나라서 발견할 수 있는 나만의 결론이 좋다. 영화를 반추할 때는 나의 감상이 제일 중요하다. 너무 재밌어서 전 세계를 떠들썩하게 만든 영화라도 내 마음에 와닿는 게 없으면 나에게는 그다지 좋은 영화는 아닌 것이 된다.

여행도, 도장 깨기 같은 일회성의 관광보다는 예상 없이 떠나서 나만의 좋은 곳들을 발견하는 게 더 설렌다. 소개팅에서 만난 사람을 몇 시간 만에 다 알 수 없듯 수박 겉핥기식의 여행보다는 다음을 기약하는 여행이 좋다. '다음에 꼭 다시 와야지.' 하는 곳, '다음에 와서 더 오래 머물러야지.' 하고 지금 무리하지 않는 여행 말이다.

좋아하는 책이 손길과 관심을 받아 낡는 게 그렇게 뿌듯하다. 진짜 먹고 싶은 음식은 바닥까지 박박 긁어먹게 되는 것처럼 사랑하는 책을 질릴 때까지 먹어 주는 것이다. 곁에 두고 틈이 날 때마다 읽게 되는 책을 한 권씩 쌓아 가고 있다. 나와 평생 함께 갈 책이다. '일당백'이라는 말처럼 백독 천독 해도 모자람 없는 한 권의 책은 다독이 부럽지 않다.

주기적으로 책장과 서랍을 비운다.
정리에 관한 곤도 마리에의 저서 [설레지 않으면 버려라]라는 제목처럼 나를 설레게 하는 것들을 들이기 위해 정리하고 버리는 습관이 나이가 들며 생겼다. 버리고 비우는 일은 단순한

　　　　　　　　내가 좋아하는 모습으로 살아도 돼

물건의 정리가 아니라 마음을 비우고, 진짜 나를 알아가고, 발견하는 일이다. 예순 즈음에는 말하지 않아도 나의 책장과 책상, 서랍을 쓱 곁눈질해도 그 책들과 음악, 소박한 물건들 속에서 내 인생을 대변하게 되면 좋겠다. 차곡차곡 나를 수집하고 있다.

이십 대에는 그저 사회의 틀 속에서 방황하며 휩쓸려 갔다. 정신이 없었다. 이게 뭔가 싶어 두리번거리고, 질문하고, 울고, 방황하는 그저 무지렁이였다. 지금은 내가 보고 듣고 기억하는 것들에 의해 새삼스레 나를 알게 된다. 밖에서 스치는 모든 것들에 내가 있다. 그 속의 나를 하나씩 수집하고 있다. 이제서야 나도 몰랐던 나를 많이 발견하고 알게 된다. 그런데 아직도 몇 개가 안 된다. 나를 다 발견하면 진짜 내가 되는 거겠지.

위 내용은 언젠가의 일기에 기록된 과거의 '나'이다. 그 순간을 글로 써 놓지 않으면 지나가 버릴 생각들이다. 글을 쓰는 것은 나를 수집하는 일이다. 내 마음과 생각을 글로 정리하며 나를 더 알게 된다. 글 속의 새로운 내 마음과 나를 수집한다. 이렇게 글을 쓰며 오늘도 더 많은 나로 조금씩 넓어진다.

⋮

　마음이 저릿해지는 말을 들은 날은 잠이 오질 않는다. 그런 일이 반복적으로 일어나면 몇 날 며칠을 앓았다. 나는 유난히 운이 없는 사람인가, 내가 잘못 살아온 건가, 하는 깊고 까만 마음의 지하에 떨어지기를 반복했다. 맛집인 줄 알고 들어간 식당에서 맛없는 음식이 나왔다고 해서, 그런 일이 반복된다고 해서 나의 운 전체가 나쁘다고 생각하진 않는다. 맛집에서 먹는 맛없는 음식이 내 탓이 아니듯, 내가 들은 오늘의 나쁜 말도 내 탓이 아니다. 나를 탓할 일이 아니라, 그저 그 순간의 해프닝일 뿐이다. 나에게 혹은 누구에게나 일어날 수 있는 그저 그런 일일 뿐이다. 그러니 좋지 않은 일이 반복된다고 해서 자신을 탓할 필요는 없다. 당신은 그저 오늘의 어떤 순간, 잠깐의 운이 좋지 않았을 뿐이다.

슬기로운 카톡 생활

"괜찮습니다, 그럼 수고하세여." 헛 오타다. 내 이미지에 "세여"체는 있을 수 없지. 얼른 '여' 자를 지우고 '요'로 고쳐 쓴다. 그놈의 체면, 이제 작가 체면까지 하나 더 생겼다. 그렇지 않아도 예민한 카톡 생활, 신경 쓸 거리가 하나씩 늘어 간다. 가끔, 아니 자주 카카오톡을 지우고 싶은 심정을 뒤로하고 오늘도 대답한다. "넵, 감사합니다 :)"

카카오톡의 말투나 점 하나에도 많은 의미를 부여하는 우리의 카톡 생활. 프사나 상태 메시지를 바꾸는 데도 용기가 필요하다. 너무 자주 바꿔도 감정의 스펙트럼이 넓은 사람으로 오인될 수 있으니 바꾸고 싶어도 최소 한 달에 한 번 정도가 좋겠다고 판단한다. 심심할 땐 바뀐 카톡 프사나 상태 메시지를 보며 그 사람의 안부를 점쳐 보기도 한다. 나는 단어 뒤에 느낌표를 자주 붙이는 편이다. 왠지 문장에 의지를 더한달까. 활기차고

밝은 사람으로 보이는 효과도 있다. 단점은 늘 붙이다 한 번 빠뜨리면 "오늘 기분 안 좋으시나요? 기운이 없어 보이세요ㅜㅜ"라는 말을 듣기도 하니 조심해야 한다. 활기는 일관되게, 느낌표는 빠뜨리지 않는 걸로.

물결무늬는 또 어떠한가. '물결무늬를 쓰면 아재'라는 충격적인 소식을 들은 이후 문장마다 물결무늬를 지우는 나를 발견했다. 아재가 되든 꼰대로 불리든 내가 편한 대로 살겠다는 나의 의지는 이토록 물렁해서 푹 익은 홍시처럼 섬세한 충격에도 터지고 찢겨 속내를 드러낸다. 분명 내 손안에 있었던 잘 익은 빨간 의지는 그렇게 또 사라진다. 아재로 분류되긴 싫은가 보다, 내 마음.

카카오톡이 처음 생겼을 때만 해도 선택권이 있었다. 카카오톡을 쓰는 사람, 쓰지 않는 사람. 카카오톡을 다운로드하고 카톡 생활에 합류한다는 것은 왠지 눈부신 문명 속으로 합류하는 것 같기도 했다. 그래서 그런지 대한민국 온 인류가 카카오톡 생활을 하기 시작했다. 하지만 우리는 간과했다. 편리함 뒤에 숨은 '혼자 있을 권리' 말이다. 간과된 혼자의 권리는 '안 읽음'으로 애써 달랜다. '읽씹'보다는 '안 읽음'이 훨씬 낫기에 '1'을 애써 외면한다.

　어느 날 "급해서 카톡 드렸는데 대답이 없으시더라고요ㅜㅜ"라는 카톡이 왔다. 15분이나 늦게 확인해 급한 마음에 얼른 전화했다. "아니 급하면 전화를 하지 그랬어."라고 말하니, 그냥 알아서 해결했다고 한다. 머쓱해져 "아, 다행이네." 하고 얼른 전화를 끊었다. 조금 당황했다. 나도 카톡 생활을 본격 시작한 이후 얼마나 많은 사람을 당황케 했을까 생각하니 "휴…" 하고 한숨이 터져 나온다.

　우리는 언제부터 카카오톡 뒤에 숨게 되었을까. 왜 직접 전화를 걸어 상대방의 목소리를 듣고 대답하는 것을 두려워하게 되었을까. 전화를 건 사람이 이 대화를 이끌어 가야 한다는 부담감 때문일까? 아니면 굳이 육성으로 대화하지 않아도 나의 메시지를 전달해 줄 선택지가 늘어나서일까? 언젠가 엽기적인 이모티콘을 말과 말 사이에 줄기차게 사용하는 소개팅남을 만난 적이 있다. 귀여운 꿀벌의 배 속에서 괴물이 튀어나오기도 하고, 북한의 그분이 손뼉을 친다거나 이마에 칼이 꽂히기도 했다. 소개팅남은 외모도 키도 훤칠했다. 하지만 마음이 가지 않아 카톡 대화 창을 거슬러 보니 마음은 더욱 멀어졌다. 나는 그 대화 창을 후배에게 보여 주며 "이 남자 어때?"라고 물었다. 카톡을 정주행하던 후배가 대답했다.

"언니!!! 이 아저씨 이상해요.... 을 만나지 마요. 이런 이모티콘 친구들끼리 개드립 칠 때나 쓰는 거죠!!"

슬기로운 카톡 생활의 정점은 단톡방이다. 하루에도 몇 번씩 왼쪽으로 밀면 나오는 [읽음]과 [나가기] 화면을 띄워 보는 단톡방이 있다. 수개월째 아무 말이 없는 방이거나 확인하기 싫은 말들만 오가는 방이다. 그중 최악은 금요일 저녁이나 주말도 개의치 않고 알람이 울려 대는 회사 단톡방이다. 업무 시간에 카톡 보기를 돌처럼 하라는 상무님께선 업무 시간, 주말, 공휴일, 휴가에 개의치 않고 언제든 새로운 단톡방을 생산해 내신다. 상무님은 단톡방이 몇 개일까? 날마다 몇 개씩 단톡방을 만들어 퇴근 후에도 메시지를 보내신다.

"미안한데… 지금 좀 확인해 줄 수 있어?"

'읽지 않음'으로 애써 나의 '집중'을 주장해 보지만 어쩐지 찝찝하다.

업무 시간에 날아온 쪽지에는 이런 공지 사항이 있었다.

'업무 시간에 카톡, SNS, 블로그, 인터넷 금지.'

몇 시간 후 이사님께서 카톡을 보냈다. "6층에서 회의하니까 올라와!" 마침 핸드폰을 확인하던 중에 바로 카톡을 확인했고 "넵!"이라고 대답한 후 6층으로 튀어 올라갔다. 이사님이 나를 보고 이렇게 말했다.

"핸드폰 하고 있었나 봐, 카톡 보내자마자 바로 왔네!"

아뿔싸… 슬기로운 카톡 생활에 아직도 적응하지 못해 바로 대답한 꼴이라니, 나의 행동이 후회됐다. 멍청이…

찝찝한 마음을 생산해 내지 않으려면 우리, 슬기로운 카톡 생활이 필요하다. 그런데 슬기로운 카톡 생활이란 뭘까. 이제는 생활이 되어 버린 노란 말풍선, 오늘도 점점점.

양다리, 세 다리 걸치세요

오직 한 가지 이름으로 살았을 땐 불행했다. 아주 작은 실패에도 절망했다. 언젠가부터 이름 앞에 붙는 수식어가 많아질수록 사는 게 덜 팍팍해졌다. 한 가지의 내가 실패하면 또 다른 내가 딱 버티고 서서 위로해 줬기 때문이다.

회사원인 내게 작가인 내가 말한다.

"야, 괜찮아! 누가 뭐라고 떠들어도 넌 작가야. 내가 딱 버티고 있으니 걱정 마."

나의 서로 다른 자아들이 서로서로 위로한다. 더 이상 버틸 수 없는 순간을 가뿐히 버티게 한다. 회사원 15년 차에 처음으로 정시 퇴근을 하며 지난 퇴근길들을 떠올렸다. 그때는 왜 그렇게도 불행했을까. 비단 야근 때문만은 아닌 것 같다. 과거의 회사원 이현진은 삶의 100%가 회사였다. 회사원 100%인 인간은 회사 안 그 작은 공간이 전부처럼 느껴진다. 친구를 만나도

내가 좋아하는 모습으로 살아도 돼

주말에 기분 전환을 해도 회사 냄새가 빠지지 않아 매 순간 모든 신경이 월요일의 회사 안으로 향하게 되는 것이다.

회사원 100%인 나는 몇 평 남짓 그 작은 공간이 내 일상의 전부였다. 그 안에서 누군가의 말 한마디와 행동은 상처 200%로 오롯이 돌아왔다. 자존감이 점점 무너져 갔다. 그런 생활이 너무 오래 반복돼 자아가 소멸되면서 그 공간 안에서가 아니면 어디서도 인정받지 못할 것만 같은 두려움이 생겨 더욱더 깊은 회사원 100%의 인간으로 거듭났다. 잘 해내고 싶어서, 좋은 팀장이 되고 싶어서, 매번 무리했고 안 될 것 같은 일을 자꾸 해내면서 스스로 일하는 기계가 되어 갔다.

'일만 잘하면 다른 건 조금 부족해도 괜찮아. 이번 일을 또 해내면 회사에서 인정해 주겠지.'라고 생각했다. 하지만 회사는 일을 잘하고 많이 하는 사람에게 더 많은 일을 주고 더 많은 책임감을 부여하고 더 높은 이해심을 요구했다.

"너는 잘하니까 이것도 좀 해 봐."

"책임감 높은 네가 이해하고 포용해."

"늘 그래왔듯, 이것도 좀 부탁해."

더 완벽한 회사원 100%가 되어 가는 동안 억울함과 절망은 점점 높아졌고 진짜 나는 소멸되어 갔다. 부당한 일을 당해도 오히려 내가 이상하게 여겨졌다. 나까지 나를 의심하는 지경이 되자 회사원이 아닌 내 안의 진짜 나는 무기력했다. 그리고 생각했다. "더 불행할 수 없을 만큼 불행하다. 이 불행에서 벗어나고 싶다."

허리케인의 소용돌이 속에 있으면 그 안에서 일어나는 일들의 수습만으로도 벅차다. 나를 삼킨다. 그 허리케인을 벗어나야 태풍의 진로 방향이나 위력의 정도를 알고 대비할 수 있다. 내 인생에 상륙한 거대한 허리케인 속에서 어쩔 줄 모른 채 수습만 하며 5년이 지나갔다.

개그맨 박나래가 말한다.

"저는 개그맨으로서 무대 위에서 웃음거리가 되거나 욕먹는 것에 대해 전혀 신경 쓰지 않습니다. 왜냐면 그것에서 실패해도 오케이, 난 술 먹는 박나래가 있으니까. 또 아니면 괜찮아, 디제잉하는 박나래가 있으니까. 이렇게 생각하니 너무 마음이 편하더라고요. 사람은 누구나 실패할 수가 있잖아요. 그 실패가 인생의 실패처럼 느껴질 수가 있어요. 하지만 여러분의 인생에서 여러분은 한 사람이 아니에요. 우리는 여러 가지의 내가 될 수 있는 가능성이 있는 사람이거든요. 그것만 알고 있으면 하나가 실패해도 괜찮아요."

내가 좋아하는 모습으로 살아도 돼

박나래의 이 강연은 회사 안에서의 실패가 곧 내 인생의 실패라고 여겼던 많은 이들의 마음의 짐을 덜어 준 모양이다. 회사원이기를 포기했던 지난 2년 동안 나는 여러 가지의 나를 만났다. 캘리그래피 작가인 나, 글 쓰는 나, 디자이너인 나, 강연자로서의 나, 와인을 즐길 수 있게 된 나 등등 여러 가지의 나로 인생 화면을 전환하며 지낼 수 있다는 걸 알게 되었다. 그제야 여기에 회사원인 나를 하나 더 추가해도 문제없을 것 같았다. 그후 다시 회사원이 된 어느 날 '작가'인 내가 나를 위로했고, 오늘은 '회사원'인 내가 나를 위로했다. 회사원인 나에게 누가 상처되는 말을 투척해도 퇴근을 하면 글 쓰는 내가 위로할 거고, 주말이 되면 와인을 즐기는 내가 나를 위한 근사한 주말을 준비할 테니까. 오직 하나의 존재로만 살 적에는 상상하지 못한 든든함이다. 남이 하는 위로는 그 순간이지만 내가 나에게 하는 위로는 오래도록 마음에 남아 나의 손을 잡는다. 내가 나를 인정하고 위로해야만 비로소 마음의 문제들이 하나씩 해결됨을 안다. 회사는 내 삶의 20% 정도밖에 되지 않기 때문에 딱 그만큼만 최선을 다하면 된다고 생각하니 회사도 다닐 만한 곳으로 느껴져, 내일의 출근이 예전보다 무겁지 않다.

　　나는 이렇게 나의 인생 화면을 수시로 전환할 것이다. 나의 일부인 회사원의 내가 더 가뿐히 회사 생활을 할 수 있도록 계속 마음의 양다리, 세 다리를 걸칠 예정이다. 그리고 남은 미지의 영역인 새로운 나를 위해 무언가에 계속 도전해 볼 것이다.

오직 한 단어로만 자신을 정의하지 마세요. 100%의 무언가가 되지 마세요.

회사원 100%가 되지 마세요. 진짜 내 삶에 회사원 하나를 추가하세요.

가능한 양다리, 세 다리를 걸치세요.

그렇게 여러 자신을 만들어 놓으면, 나의 여러 자아에게 위로받으며 단단해질 겁니다.

내가 나에게 하는 위로가 진짜 위로라는 걸 알게 될 겁니다.

내가 좋아하는 모습으로 살아도 돼

⋮

　회사원 100%가 되지 마세요. 진짜 내 삶에 회사원 하나를 추가하세요.

　가능한 양다리, 세 다리를 걸치세요.

　그렇게 여러 자신을 만들어 놓으면, 나의 여러 자아에게 위로받으며 단단해질 겁니다.

　내가 나에게 하는 위로가 진짜 위로라는 걸 알게 될 겁니다.

여기서 자전거 타시면 안 됩니다

　약속이 있는 날이었다. 출퇴근이 빠른 편이라 약속 시간까지 두 시간이나 여유가 있었다. 모임 장소인 홍대 주변까지는 교통수단을 이용하면 10분 거리라 시간이 애매해 써브웨이에서 샌드위치를 하나 사 먹고 천천히 걸어가기로 했다. 당산에서 홍대입구역까지 걸어가려면 양화대교를 건너야 한다. 선유도 공원, 합정 등 내가 좋아하는 장소들이 모두 연결된 양화대교는 내가 좋아하는 장소이기도 하다. 양화대교에서 보는 노을은 서울에 사는 맛을 느끼게 해주는 몇 안 되는 아름다운 풍경이라 오랜만에 해질녘의 양화대교를 걸을 수 있음에 기분이 좋기까지 했다. 양화대교 위를 걸으면 눈에 띄는 문구를 몇 걸음마다 한 번씩 보게 되는데 "보행자 우선 자전거 탑승 금지.", "자전거를 끌고 가세요."라는 문구이다. 두 명이 나란히 걷기엔 좁은 양화대교 위를 걸을 때마다 차보다 빠른 속도로 쌩쌩 달리는 자전거 때문에 휘청였던 경험이 한두 번이 아니다. 그날은 빠른 속도의 자

전거를 급하게 피하지 않고 천천히, 여유 있게 양화대교를 건너
보리라 단단히 마음을 먹었다.

  아니나 다를까, 다리를 건너는 동안 정확히 21대의 자전거를
보았지만 단 한 명의 외국인만이 자전거를 끌고 갔을 뿐 남녀노
소를 막론한 나머지 20명은 자전거를 타고 그 좁은 양화대교 위
를 위험천만하게 쌩쌩 달렸다. 서울시 공공자전거인 따릉이를
이용하는 유저가 늘어나면서 몇 년 전 양화대교 위 무법자의 수
보다 훨씬 늘어난 숫자였다. 되려 "비켜 주세요!"라고 소리치는
사람, 자전거의 경적을 계속해서 울리는 사람, 위험하게 나를
스쳐 가는 사람 등 스무 명의 사람들은 내 등 뒤에서 각종 방법
으로 길에서 비켜 달라고 당당하게 요구했다. 그 스무 명의 사
람에게 나는 매번 말했다.
  "여기서 자전거 타시면 안 돼요. 보행자가 위험해요! 자전거
탑승 금지, 글씨 안 보이세요?"
  평소엔 얼마나 좋은 사람인지, 얼마나 훌륭한 직업을 가진 사
람인지 모르지만 적어도 그 시간 양화대교 위에선 무법자나 다
름없는 위험한 인물이었다는 것을 알려나 주고 싶었다. 그러
나 몇 명만이 머쓱해하는 기색을 보일 뿐 단 한 사람도 내 말을
듣고 자전거에서 내리지 않았다. 젊은 남자 한 명은 "나도 알아

요!"라고 소리치며 도망가 버렸고 한 아저씨는 자전거에 오른 채 나에게 "아가씨가 피하면 되잖아. 되게 예민하네."라는 말 같지도 않은 말을 하고는 쌩 사라졌다. 시민의식이나 준법정신을 논하기 이전에 나의 말을 들을 생각이 없어 보였다.

기분 좋게 시작한 나의 산책은 스무 명의 무법자들 덕분에 뾰족해진 기분으로 마무리됐다. 다음 날 출근해 여담으로 양화대교 위에서 있었던 일에 대해 이야기를 하니 사람들의 반응이 새삼 놀라웠다.

"자전거에 치인 적 있어? 뭘 그렇게 예민하게 굴어.", "겁도 없다. 그걸 또 말하고 그래. 말해 봐야 네 입만 아프지.", "참 유별나시네요. 그렇게 말하는 사람 잘 없는데."

잘했다는 칭찬까지야 바라지도 않았지만 예민하고 유별난 사람이 되는 게 왠지 억울했던 나는 이렇게 말했다. "계속 말하다 보면 한 명쯤은 듣지 않을까? 잘못된 행동으로 타인에게 피해를 주는 사람한테 알려라도 주고 싶어. 그러시면 안 된다고. 사실 거기서 자전거 타면 안 된다는 거 스무 명은 다 알고 있었을 걸? 모를 수가 없어. 대문짝만한 글씨가 몇 걸음마다 있는데. 나만 빨리 지나가면 된다고 생각했겠지. 그래서 '타지 말라는 곳에서' 더 쌩쌩 달렸겠지. 근데 그게 더 나쁜 거 아냐? 잘못된

내가 좋아하는 모습으로 살아도 돼

거 알면서도 하는 거, 그걸 부끄럽게 생각하지 않는 거, 그러시면 안 된다고 말하는 사람을 오히려 예민한 사람이라 생각하는 거."

잘못된 것에 대해 잘못됐다는 말을 하면 대부분의 사람은 이런 반응을 보인다. "뭘 그렇게 예민하게 굴어?" 남녀 차별 문제에 대해 불편하다는 말을 하면 "차별당해서 피해 본 적 있어? 유독 이 문제에 예민하네."라고 말한다. 습관적으로 약속을 당일 취소하는 사람에게 다음부턴 더 신중하게 약속을 잡아 달라고 말하면 "까칠하게 왜 그래."라고 하고, 한 달 전부터 예약된 강의 당일 10분 전 노쇼(No-Show) 통보를 하는 다수의 사람에게 "미리 말씀하셨어야죠."라고 하면 인색한 사람 취급을 한다. 몸이 아프지만 약속을 지키기 위해 피곤한 몸을 이끌고 약속 장소까지 간 나의 노력과, 강의를 위한 자료 준비에 걸린 나의 이틀은 누구에게 보상받는단 말인가. 그 강의만 아니면 밀린 원고를 10페이지쯤은 완성했을 나의 시간은 또 어떤가. 그들에겐 타인의 시간과, 약속을 지키기 위한 노력이 그렇게 하찮다는 말일까.

나에게 예민한 부분이 있는 것은 사실이지만 불편을 불편이라고, 잘못을 잘못이라고 말하는 것을 예민해서 그렇다고 뭉뚱그려 버리는 건 납득할 수 없다. 모두가 알면서도 함구하는 불편에 대해 말하는 것은 '예민하게 구는 것'이 아니라 "당신이 나를 위협하고 있다."라는 신호이며 "당신으로 인해 누군가 불편을 겪고 있습니다."라는 메시지다. 누군가를 불편하게 하거나 위험에 빠뜨리는 사람이 잘못한 것인데도, 불편에 대해 이야기하는 사람을 예민하고 까칠한 사람이라고 치부해 버리는 것은 우리 모두에게 그런 일이 생겨도 된다는 무례한 말과 같다. 때리는 시어머니보다 말리는 시누이가 더 얄밉다는 말도 있듯 속으론 잘못됐다는 것을 알면서도 불편을 말하지 않는 "좋은 게 좋은 사람"이 되려는 사람들이 얄미울 때가 많다. 작년, 혜성처럼 등장한 우주 대스타 펭수는 이런 말을 했다.

"부정적인 사람들이 있군요? 그럼 그 사람들이 문제예요. 부정적인 사람들은 도움이 안 되니 긍정적인 사람과 얘기하세요."

불편을 모른 척하고 함구하는 것은 좋은 사람이 되는 길이 아니라 그냥 예의 없는 행동을 묵인하고 동조하는 부정적인 사람이 되는 길이다. 누군가에게 도움이 되는 긍정적인 사람이 되지는 못할지언정, 예의 없고 무례한 행동을 침묵으로 동조하는 부정적인 사람이 되지는 말아야 한다.

내가 좋아하는 모습으로 살아도 돼

잘못됐다고, 불편하다고 생각되는 모든 것을 다 말하고 살 순 없다. 나도 때론 불편을 이야기하는 사람이 될 용기가 나지 않아, 무례하다고 생각하는 것에 눈 질끈 감고 입을 다물고야 마는 겁쟁이가 된다. 불편함을 이야기하는 사람을 오히려 불편한 사람으로 취급해 버리는 분위기는 이렇게 수많은 겁쟁이를 양산하는 결과를 낳는다. 겁쟁이가 많은 세상은 서로 불편한 세상이다. 수많은 겁쟁이 사이에서 용기 내 불편을 말하는 사람을 예민하고 피곤한 사람 취급할 것이 아니라 그 불편과 무례에 대해 한 번 더 생각해 보는 건 어떨까. 혹시 나도 모르게 누군가에게 무례한 행동을 하진 않았는지, 혹은 알면서도 내 작은 욕심이나 이기심 때문에 내 무례함을 모른 척하지는 않았는지.

오직 나만을 위한 휴가

'황금연휴'라 불리는 9일간의 휴가가 생겼다. 코로나 시대의 휴가란 참으로 난감하지만, 나는 이번 휴가를 그토록 소망하던 독립의 예행연습으로 사용하기로 했다. 혼자 밥도 지어 먹고 빨래도 할 수 있는 작은 오피스텔을 빌렸다. 장소는 내가 사랑하는 드라마 [응답하라 1988]의 동네, 쌍문동으로 결정했다. 변화가 필요할 땐 내가 사는 곳과 판이한 환경에 놓여보는 것이 내 여행의 주된 목적이기도 하기에 쌍문동은 나의 로망, 여행의 목적을 완벽하게 충족시켜 주는 동네라고 판단했다.

여행과 독립의 기분을 전부 느끼고 싶어서 짐은 부족하지 않게 챙겼다. 9일 동안 내가 입고 싶은 옷을 입고, 먹고 싶은 것을 먹고, 가고 싶은 곳을 갔다. 익숙한 것들을 떠나 평소에 생각만 하고 가지 못한 곳들을 찾아다녔다. 북한산 둘레길을 걷기도 하고 걷다가 더우면 맛있어 보이는 산 아래 식당에 들어가 칼국수

내가 좋아하는 모습으로 살아도 돼

를 먹었다. 평소엔 용기가 나지 않아 들어가 보지 않았던 전시장에도 불쑥 들어가 보기도 하고 대학로 구석구석을 걸으며 아기자기한 독립서점에 들어가 책을 읽기도 했다. 이렇게 하고 싶은 것들을 하는 것만으로 계획에 없던 귀엽고 즐거운 인연이 계속 생겼다.

한번은 북한산 둘레길 초입의 작은 공방에 불쑥 들어갔다. 평소라면 지나칠 만한 작은 공방이었는데 딱 나의 휴가 기간만 공방을 오픈한다기에 용기 내 "안녕하세요."하고 인사하며 들어갔다. 우연히 들어간 곳이었는데, 공방을 운영하시는 금속공예 작가님의 작업 이야기도 듣게 되고 내 책 이야기도 하며 친해지게 되었다. 북한산 아래의 작은 공방에 친구가 생긴 것이다.

이야기가 깃든 물건은 더 귀해 보인다. 금속공예를 시작하게 된 작가님의 이야기를 듣고 나니 공방에 있는 모든 액세서리가 반짝반짝 빛나 보여 귀걸이와 목걸이를 구입했다. 두 시간이나 수다를 떨고 공방을 나와, 작가님이 추천해 준 코스로 북한산 둘레길을 걸었다. 걷는 내내 웃음이 났다. 들어가 보지 않았더라면 몰랐을 낯선 이의 사는 이야기를 듣고, 그에게 나의 이야기를 하게 된 게 즐거웠다. 작가님은 나에게 말했다. "오늘 처음 봤지만, 현진 씨가 너무 밝은 기운을 가진 사람 같아서 오늘 우연한 만남이 즐거웠어요. 주변에 좋은 사람이 많을 것 같은데요!" 낯선 사람을 만났을 때 오히려 더 속마음을 터놓게 되고 그 사이에 있었던 대화가 다시 돌아온 일상 곳곳에 영향을 미치는 것은 우연이 만들어준 행운이다.

영화 [후라이드 그린 토마토]는 일상에 권태를 느끼던 주인공이 우연히 만난 할머니에게 듣게 된 누군가의 삶 이야기를 통해 권태를 극복하고 할머니와 친구가 된다는 내용의 영화이다. 지극히 평범하고 시시한 일상을 보내는 우리에게 필요한 건 이런 우연이 아닐까. 우연이 선사하는 선물을 받는 방법은 하나밖에 없다. 오직 나만을 위한 무언가를 지금 당장 하는 것! 누가 나를 싫어하든 말든, 인상을 찌푸리든 말든 개의치 않는 튼튼한 일상을 보내려면 '내가 진짜 하고 싶은 것'들을 하나씩 지속해 나가야만 한다. 앞으로의 일상에 어떤 우울한 일이 '또' 생기고 힘들어질지 모른다. "좋은 일만 생길 거야." 같은 말은 이제 믿지 않는다. 이제부턴 힘든 친구에게 그리고 나에게 이렇게 말해주고 싶다.

"힘든 일이 생겼을 때 잘 이겨낼 수 있도록 튼튼한 마음을 만들자."라고.

이 휴가가 끝나면 하고 싶은 것들을 참게 되는 피로한 일상으로 돌아갈 것이다. 오늘 하고 싶은 것을 참기만 하면, 해야 할 것들만 하게 되고, 그러다 보면 또다시 세상의 말에 휘둘리고 약해지는 나를 발견하게 될 것이다. 일상을 여행처럼 지내는 방법은 작고 귀여운 것들을 지나치지 말고 당장 먹고, 걷고, 해보는 것밖에 없다. 마음은 말랑하게, 일상은 튼튼하게. 다시 돌아간 나의 소중한 일상을 잘 보낼 수 있도록.

04

나는 네가 무겁지 않게

살았으면 해

꽉 쥔 두 손을 펴는 일

　좋아하는 작품을 반복해서 보는 게 취미인 내가 대사를 외울 정도로 좋아했던 드라마가 몇 개 있는데, 그중 하나인 2018년 작 [데릴남편 오작두]라는 드라마가 있다. 세상의 기준에서 벗어난 한 사람, "요즘 세상엔 이래야 한다."라고 말하는 모든 상식이 적용되지 않는 남자, 그가 바로 '오작두'다. 드라마를 보며 그런 사람과 함께라면 세상의 무시무시한 말들에 흔들리지 않고 살 수 있을 것 같다는 생각을 했다. 우리가 욕심이라 일컫는 모든 것들이 무의미해지는 그의 삶 안에서는 삼시 세끼 밥만 먹고 살아도 행복할 것만 같다. '힐링'이 소확행쯤으로 가볍게 쓰이는 게 탐탁지 않은 세상에서 '힐링'이라는 뜻을 가진 인간이라고 생각했다. 내 이상형이 "세상의 뜻과는 무관하고도 호탕하게 웃을 수 있는 사람"으로 변한 건 그때부터였다.

　이후 어떤 작품에서도 그런 캐릭터를 보지 못했다. 그런데 요즘 내 마음을 말랑하게 만드는 드라마 한 편이 있다. 드라마 속엔 한 여자의 깡에 반했지만 두고 볼수록 그 깡이 안쓰러워 여자의 꽉 쥔 두 손을 펼쳐 자신의 소매 끝으로 닦아 주는 남자가 있다. 꽉 쥔 손 펴고 살라고, 당신의 뒤엔 내가 있다고 말하면서. 그 이름 황용식. 나는 그를 보며 연기도 연기려니와 '촌므파탈'이라는 단어까지 생성해 내는 힐링적 매력의 사투리가 품격 있어 보이기까지 했다. 좋아하는 사람의 꽉 쥔 두 손이 안쓰러워, 그 손을 펼쳐 기꺼이 닦아 주는 그 남자를 보고 뒤늦게 1회부터 정주행을 시작했다.

한 남자의 융단폭격과 같은 사랑을 한 몸에 받는 동백 씨는 고아에다 미혼모. 그런데 예쁘다. 예쁘면 외롭다고 했나. 삶이 외롭다. 그래서 주먹을 꽉 쥐고 산다. 땅만 보고 걷는다. 고맙다는 말이 듣고 싶어 역사 분실물 보관소에서 일하는 게 꿈인 사람, 가족을 만들고 싶어 미혼모를 자처했지만 현실은 살얼음판이다. 여자가 술을 판다는 이유만으로 남자 여자 할 것 없이 모든 생물로부터 미움을 받는다. 그의 아들은 영리하게 잘 크고 있지만 눈물 나는 날이 많다. 기껏해야 열 살 남짓한 아들이 울면서 말하는 거다. "세상 사람들이 다 엄마를 미워하잖아. 엄마를 좋아하는 건 나밖에 없잖아! 내가 엄마를 안 지키면 누가 엄마를 지켜, 그게 가끔 피곤해.”

눈물을 보태던 그들 앞에 황용식이 나타났다. 다이애나비가 이상형이라던 그는 동백의 미모에 첫눈에 반하고 그녀의 깡에 두 번 반한다. 이후 어디서도 본 적 없는 핵폭탄급 돌직구로 동백의 옆에서, 뒤에서 그녀와 아들의 삶을 인정하고 지지한다. 세상의 수많은 눈초리에 굳게 마음을 닫아 버린 동백에게 황용식 씨는 지치는 기색도 없이 우직하게, 무식하고 꾸준하게 말한다.

“동백 씨는 누구보다 멋져유, 장해유.”

그의 우주만 한 응원에도 쉽사리 마음이 열리지 않을 만큼 그녀는 이미 세상에 많이 다쳐 있었다. 아이언맨이 와도 뚫지 못할 장벽을 쌓고 사는 그녀였다. 울면 울어서, 욕먹고 웃으면 웃어서 욕을 먹었다. 목욕탕엘 가도 욕을 먹고, 떡 한 조각을 사도 욕을 먹었다. 동백이 욕을 먹는 만큼 황용식 씨는 더욱더 강하게 응원했다. 그녀의 가게에 휘갈겨진 벽의 낙서 하나도 일일이 존댓말로 고쳐 쓰는 그였다.

“동백 씨가 지덜 친구여, 왜 반말을 찍찍 하구 있어.”

나는 네가 무겁지 않게 살았으면 해

그의 촌스럽고도 무시무시한 응원에 그녀의 철벽은 무너진다. 세상 모두에게 욕을 먹어도 소용없었다. '힐링'이라는 뜻을 가진 사람이 생겼기 때문이다. 땅을 보고 걷는 그녀의 고개를 들게 만든 그였기 때문이다. 매일매일을 생일로 만들어 주겠다는 촌스럽고 뜨거운 고백 앞에서 동백도, 나도 눈물을 흘렸다. 엉엉 소리 내어 울었다.

"나는 걸을 때도 땅만 보고 걷는 사람인데 이 사람이 자꾸 나를 고개 들게 하니까,

이 사람이랑 있으면 내가 막 뭐라도 된 것 같고 엄마,

자꾸 또 잘났다 훌륭하다 막 지겹게 얘기를 하니까,

내가 꼭 그런 사람이 된 것 같아."

나는 사람은 변하지 않는다는 생각을 가지고 살았다. 사람이 사람에게 기적이 되는 일은 없다고 생각했다. 모든 변화도 자신의 안에서 일어나고 기적도 자기 자신이 만들지 않으면 안 되는 것으로 생각했기에 점점 냉소적으로 변해 갔다. 그런데 황용식 씨라면, 힐링이라는 뜻을 가진 사람 하나라면 나도 누군가에게 기적이 될 수도 있겠다 싶은 캐릭터다. 한 사람의 우직하고 일관된 응원, 이래서 필요하다. 한 사람의 꼭 쥔 두 손을 펼쳐 자신의 옷소매로 땀을 닦아 주는 장면은 그 어떤 멜로보다 따뜻하

다. 동백 씨처럼 세상의 모든 미움을 사며 사는 사람에겐 황용식 씨가 꼭 하나씩은 있었으면 한다. 나의 꽉 쥔 두 손을 안타깝게 바라보는 사람, 기꺼이 펼쳐 손을 잡아 주는 사람, 그런 사람이 한 사람을, 나아가 세상을 따뜻하게 만들지 않을까 싶다. 두 손을 꽉 쥔 사람을 보면 나부터 먼저 그 손을 살포시 풀어 땀을 닦아 줘야지. 천천히 느릿한 걸음으로 누군가의 뒤를 위로해 줘야지. 그리고 이 시를 읽어 줘야지.

문태준 [오랫동안 깊이 생각함] (일부)

여름 자두를 따서 돌아오다 늦게 돌아오는 새를 기다릴 것
꽉 끼고 있던 깍지를 풀 것
너의 가는 팔목에 꽃팔찌의 시간을 채워 줄 것
구름 수레에 실려가듯 계절을 갈 것
저 풀밭의 여치에게도 눈물을 보태는 일이 없을 것

⋮

　낮에 하지 못한 말들이 남아 밤의 마음을 꽉 조인다. 조여진 마음을 풀 길이 없어 잠 못 자고 뒤척이다 창문을 열고 달을 보았다. 달이 예쁜 밤, 별도 참 밝은 밤이다. 침대 끝에 놓아둔 등 베개가 썩 맘에 든다. 잠 못 자는 새벽에 일어나 앉을 수 있어서 좋다. 얕은 불을 켜고 시를 하나 읽는다. 꽉 낀 깍지를 풀라는 시인의 친절함에 마음이 조금 느슨해진다. 내일은 시인의 시집을 한 권 사자고 생각하며 다시 누웠다. 못다 한 말을 곱씹느라 꽉 조였던 마음이 스르르 풀어지며 그제야 잠이 오기 시작했다. 그날 이후 낮에 있었던 안 좋은 일 때문에 잠이 오지 않을 땐 억지로 자려고 하지 않고 일어나 시를 읽는 습관이 생겼다.

　"꽉 끼고 있던 깍지를 풀 것"

⋮

　[유 퀴즈 온 더 블럭]이라는 예능프로를 좋아하는데, 최근 배우 황정민이 출연해 여러 이야기를 들려주었다. 그중 요즘 내가 삶을 대하는 태도와 맞닿아 있어 공감됐던 이야기가 있다.

　"20, 30대 때는 이 역할을 너무 잘 해내려고, 이 기회가 나한테는 처음이자 마지막인 것 같아서 나 자신을 못살게 군 거예요. 그때 연기들을 보면 여유가 없고 빈틈이 안 보여요. 재미가 없어요. 그걸 보면서 야 이러다간 내가 죽겠구나, 라고 생각하면서 자신을 좀 놓아주게 됐어요."

　'조금 내려놓아도 잘 할 수 있구나.', '더 많은 걸 어떻게 보여주려고? 그냥 즐겨.'라며 자신을 조금씩 인정하게 됐다는 그의 진솔한 이야기를 듣는 내내 뭉클했다.

더 깊이 그의 팬이 되었다. 그처럼 자신이 하는 모든 결정과 행동을 가벼이 대함으로써 자신을 긍정하고 뜨끈하게 사랑하는 사람을 보면 여유가 넘친다. 알 수 없는 기품까지 느껴진다. 저 사람은 왜 저토록 자신만만한 걸까, 의아하면서도 매력적으로 느껴진다. 그런 사람을 만나고 돌아오는 밤이면 내가 짊어진 무거운 짐들이 머쓱해진다.

'나는 왜 이토록 무거운 것들을 쓸데없이 어깨에 지고 사는 걸까.'

가볍게 즐겨도, 삶을 무겁게 대하지 않아도 우리는 충분히 더 나아지고, 즐거워질 수 있다.

당신의 사랑하는 저녁을 포기하지 말 것

　재택근무가 시작되고 일주일에 한두 번 출근을 하는데, 그마저 내가 원하는 시간에 출퇴근을 한다. 그것 하나만으로도 인간 대접을 받는 느낌이다. 다들 그렇게 산다길래 최대한 나를 숨기고, 내 기분을 죽이고, 오직 회사의 부품으로만 버텨 온 시간이 몇 년인지. 나에게 기꺼이 회사의 부품이 되길 바랐던 수많은 사람, 엄마 같은 팀장이 되어 주길 요구했던 대표, 임원들. 그들이 원하는 사람이 되기를 오랫동안 노력했고, 애쓰고 시도했지만 나는 그런 사람이 될 수 없었다. 대부분이 살아가는 방식으로 살지 않는 사람을 이상하다고 말하는 오류를 범하지 않으려면 내가 살아가는 방식만이 정답이라는 착각부터 걷어 내야 한다.

　관습에 젖어 그것만이 정답이라고 생각하는 사람들과는 한시도 함께하기 힘들다는 것을 회사 속 많은 사람을 통해 배웠

　　　　　　　　　나는 네가 무겁지 않게 살았으면 해

다. 회사에 대한 경험이 늘고 나의 주관이 생기면서 나는 자주 회사와 부딪혔고, 싸웠고, 퇴사했다. 그리고 끊임없이 고민했다. 나는 이상한 사람인가, 사람들이 말하는 사회성이 모자란 부적응자인가. 어떤 쪽이 정말 잘못된 건지 답을 내고 싶었던 나는 끊임없이 다시 회사로 돌아갔다. 그리고 마침내 알게 된 사실은 그 누구도 잘못된 것이 아니라는 것. 그냥 서로 인정하면 되는 일이었다. 그들의 관점에서 나는 사회 부적응자였을지 몰라도 나의 관점에서 그들은 분명 누군가에게 상처가 되는 일을 서슴지 않았고 그것을 집단의 섭리나 진리쯤으로 여겼다. 직급에 취한 채, 권력의 정치를 펼치는 것을 '진정한 회사 생활'이라 착각하는 사람들과의 대화는 가능하지 않았다. 어느 쪽도 잘못된 쪽은 없었다. 각자의 생각과 경험이 양쪽의 끝과 끝에서 매우 달랐을 뿐.

'회사란 이런 것이다. 직급이 깡패다.'라는 확고한 틀을 가지고 치졸한 방식으로 직원들을 괴롭히던 회사를 마지막으로 나도 '내가 이상한가?'라는 의심을 더 이상 하지 않고 나를 인정해 주기로 했다. 그리고 앞으로는 가끔 흔들릴지라도 무조건 나답게, 무언가가 되려면 그냥 내가 되어 살아보자고 마음을 먹었다. 나다운 것을 포기하길 강요하는 사람과는 더 이상 타협하지 않기로 했다. 그렇게 마음을 먹고 나니, 그동안 내가 어정쩡하게 행동을 해왔다는 걸 알 수 있었다. 나의 주관대로 살길 바라면서도 사람들이 원하는 사람이 되고 싶은 마지막 끈을 놓지 못하고 있었다. 그날 나는 이력서를 이렇게 고쳐 썼다. [작가로서의 이야기꾼으로, 디자이너로서의 센스로] 나다운 것을 인정하지 않는 회사라면 더 이상 함께 하지 않겠다는 마음으로.

   디자이너지만 글을 쓴다는 나를 회사에서는 대부분 탐탁지 않게 여겼지만, '글을 쓰는 나'는 '회사원인 내'가 더욱 견고히 버틸 수 있도록 해주는 존재이다. 이게 바로 나다운 것임을 타협하지 않고 고수한 끝에 내 모습 그대로의 나를 인정해 준 한 회사와 인연이 되었다. 지금까지의 회사 속에서는 "당신들이 나에게 원하는 것"에 대해 질문했지만, 이제는 "나는 이렇게 일하고 싶습니다. 가능할까요?"라고 질문한다. 다행히 지금 회사는 디자이너로서의 나뿐만 아니라 글 쓰는 나의 존재와 내 저녁을 온전히 인정하고 받아들여 주었다. 과거의 회사들은 구성원의 희생을 당연하게 생각하고, 개개인의 삶에 업무만을 최우선으로 하라고 말했다면, 지금의 회사는 서로에게 피해를 주지 않는 선에서 동등한 입장으로 서서 함께 일을 해나가는 기분이 들게 한다. 존중받고, 대우받는 기분이다. 덕분에 아주 자연스럽게

'내가 이 단체에 꼭 필요한 사람이 되고 싶다.'라는 생각이 들어, 어느 때보다 '열정'적으로 일하고 있다.

　가을에서 겨울로 가는 지금, 퇴근을 하고 하늘을 보면 어김없이 낮달이 떠 있다. 나다운 삶과 사랑하는 나의 저녁을 온전하게 인정받는 지금의 회사에서 일하게 된 후, 매일의 낮달과 노을을 볼 수 있는 퇴근 시간을 사랑하게 되었다. 진짜 중요한 것은 모두의 개성이 사라지는 낮의 모습이 아니라 저녁 시간에 있다. '각자의 저녁을 어떻게 보내는지', '퇴근 후엔 어떻게 살아가는지'로 사람의 진가를 판단한다는 글을 어느 책에서 읽은 적이 있다.

　인생에 정답이 없다는 말은 진짜 답이 없다는 게 아니라, 각자 인생의 정답이 다르니 무엇이 정답이라고 장담할 수 없다는 말이다. 이것이 바로 많은 사람이 말하는 정답이 당신에겐 답이 아닐 수도 있다는 증거이다. 개인의 특성과 업무의 다름을 존중받는 것, 그거야말로 회사에서의 훌륭한 복지의 첫걸음이 아닐까. 내가 바랬던 회사원으로서 최고의 복지는 내가 아픈 것이 미안하지 않고, 내가 하는 일에 근거 없는 비난을 받지 않고, 무난한 사람이 되기를 거부해도 '내가 이상한가?' 하는 의심을 하지 않아도 되는 것이다.

　나다울 수 있는 시간이 늘어날수록 인생의 수많은 고민에 대한 답이 생길 것이다. 당신의 낮도 밤도 모두 당신 자신이다. 내일 아침 또다시 쓰게 될 타인을 위한 가면을 위해 오늘 당신의 사랑하는 저녁을 포기하지는 말았으면 좋겠다.

남들처럼 살지 않아도 되는데

시간에 맞춰 사는 삶은 늘 부족한 듯 허덕이게 된다. 수시로 '새로 고침' 되는 사람들의 소식에 '나도 유튜브를 해야 하진 않을까?', '나도 누구처럼 더 활발히 교류해야 하진 않을까?', '나도 결혼을 해야 하지 않을까?' 하는 생각들로 쉴 새 없이 불안하고 뒤처지는 기분이 된다. 인색해지고 허전해진다. 해도 해도 밑 빠진 독에 물 붓는 느낌, 언제까지 발전적이고 생산적인 사람이 되어야 할까?

어릴 때부터 아빠는 그런 말을 했었다.

"아빠는 나중에 늙으면 시집 장가간 너희 놀러 올 시골집 만들어 주는 게 꿈이야. 시골집에 오면 이것저것 바리바리 싸 주고, 닭도 잡아서 맛있게 고아 주고."

그런 꿈을 가졌던 아빠는 언젠가부터 [나는 자연인이다]라는 TV 프로그램을 열심히 챙겨 보기 시작했다. 그즈음 아빠는

'할아버지'라 불리는 외모가 되었다. 그리고 마침내 아빠의 꿈인 시골집을 만들었고, 우리 가족은 휴가 때마다 아빠의 공간에 놀러 간다. 화려한 별장은 아니지만, 아빠가 만든 간소한 시골집의 문을 열면 큰 소나무 두 그루가 보인다. 그 나무들을 몇 시간이고 보고만 있어도 좋고, 아침을 먹고 나면 라거라는 이름을 가진 강아지와 한참을 놀다가 해가 방을 환하게 밝히는 정오엔 옷을 한 겹 벗고 나가 천천히 산책을 한다. 인터넷도, TV도 없는 곳에서 저녁엔 먹고 싶은 것을 해 먹고 내일은 뭘 해야 할지 생각하지 않는 시간을 보내는 건 조금 불편하지만 마음이 평온하다. 몇 시인지 중요하지 않고, 해나 달 그리고 별을 자주 볼 수 있어 좋다.

더 열심히 살지 않아도 되는 일주일을 보내고, 아늑한 침대가 있는 안전하고 편리한 나의 일상으로 돌아가는 길. 서울 근교까지만 해도 시골에서의 마음처럼 넉넉하던 도로는 점점 인색해지더니 '서울'이라는 이정표가 보이기 무섭게 빈틈없이 들어선 치열한 차량 행렬이 보였다. 몇십 분 동안이나 서울 입구에서 멈춰 해가 지는 것을 보게 된 순간, 체한 것처럼 가슴이 답답해져 왔다. 이제 다시 또 "열심히" 살아야 하는 건가 하는 생각이 들어 일주일간 잊었던 휴대폰을 자연스레 집어 들었다. 몇

나는 네가 무겁지 않게 살았으면 해

시간 전까지 내가 있던 곳에서 필요한 것은 맛있는 밥 한 끼와 편한 옷 두어 벌, 그리고 하늘을 쳐다보는 것이 전부였는데, 일사불란하게 경쟁 중인 차들을 보니 서울이 덜컥 느껴졌다. 사랑하고도 증오하는 나의 도시 서울이었다. 나는 서울을 좋아했고, 이곳에서 언제나 한발 앞서가는 사람이 되고 싶었지만, 내가 늘 느끼는 감정은 '부족함'이어서 바빴고, 외로웠고, 불안했다.

  꼭 남들처럼 살지 않아도 되는데,
  꼭 남들이 하는 것들을 다 하지 않아도 되는데,
  경쟁자처럼 달려가는 차들과 사람들에 둘러싸여 있으니 다른 사람들과는 상관없이 나 그대로 살아간다는 게 좀처럼 잘 안되었다. '너 꼭 이렇게 살아야겠니?' 나에게 질문했다. 자신의 삶을 주관식으로 서술할 권리가 있음에도 누군가 제출해 놓은 객관식 문제의 보기 중에서 하나를 고르는 것으로 만족하며 살아오진 않았는지. 주어진 좋은 선택지에서 하나를 고르며 사는 삶을 과연 잘 살았다고 말할 수 있는 건지 모르겠다. '서울'이라는 단어를 확인하고 무의식적으로 확인한 것은 고작 그런 것이었다. 누가 새로운 SNS에 가입하고 나를 팔로우했는지, 누군가의 프로필은 어떻게 작성되었는지, 나보다 얼마나 더 앞서갔는지 하는 것들. 그런 것들을 확인하고는 "뭘 더 해야 하지? 난 뭐가

문젤까.”라고 중얼거리며 또다시 위시리스트를 메모했다.

　　“너도 클럽하우스 해 봐.”
　　“넌 왜 유튜브 안 해?”
　　주변 사람들이 나에게 자주 하는 말이다. 나를 생각해서, 내가 하는 일들이 더 빛나길 바라는 마음에서라는 걸 안다. 하지만 뭘 하든 행동해야 할 사람은 나이고, 어떤 일을 잘하기 위해 가장 필요한 전제는 ‘내가 원할 때’이다. 원하진 않지만 손쉽게 구할 수 있는 과일을 아무리 배 터지게 먹어도, 지금 너무 먹고 싶은 수박 한 조각보다 맛있을 수 있을까? 나는 지금껏 내 인생을 달려와서 목이 마른데, 남들은 다 걷고 있다고 해서 물을 마시지 않을 순 없다. 내가 목이 마르면 물을 마셔야 하고, 내가 수박이 먹고 싶으면 수박을 사다 먹는 것이 나를 위한 일이듯, 삶도 그렇다. 내가 원하는 것들로만 내 삶을 구성할 수 없다면 실천할 수 있는 것들부터 하나씩 해 보도록 하자. 기분 좋은 바람이 부는 봄밤, 내가 정말 좋아하는 맥주를 한 잔 마셔야만 알게 되는 것이 있다. 나만의 행복과 나를 즐겁게 만드는 것들에 대하여.

　　　　　　　　　　나는 네가 무겁지 않게 살았으면 해

당신을 너무 많이 생각하지 않기로 했습니다

 서른둘, 처음 팀장이 되었다. 처음엔 좋은 팀장이 되고 싶었고, 다음엔 능력 있는 팀장이 되고 싶었고, 그다음엔 그냥 이 구역 미친년이 되기로 했다. 나도 마음만 먹으면 팀원들에게 좋은 선배이면서 실력도 있고 위에서는 사랑받는 팀장이 될 수 있을 줄 알았다. 하지만 내가 그 특별한 팀장이 되려 하면 할수록 아래위로 미움을 샀고 미움 속에서 눈치를 보느라 내가 하고 싶은 만큼 일도 제대로 해내지 못했다. 하루에도 백 번씩 미친년이 되자고, 좋은 팀장이든 능력 있는 팀장이든 딱 하나만 미치자고 아무리 마음을 먹어 봐도 출근 카드를 찍는 순간부터 내 몸은 상사가 하는 말대로 움직였다. 그땐 왜 그렇게 잘릴까 봐 무섭던지, 왜 그렇게도 인정받고 싶던지.

 그때 처음 위경련이란 걸 경험했고, 처음 업무 도중에 나가 버렸고, 처음으로 몸이 아파 쓰러졌다. 몸의 병은 모두 마음의 병이란 걸 그때 처음 알았다. 나의 마음과 능력을 모조리 써 버린 그곳에서 나온다고 했을 때 갑자기 냉랭해진 사람들이 무서웠다. 나를 날마다 지옥에 빠지게 했던 실장님 얼굴을 마지막으로 보며 마음으로 말했다. 우리 살면서 다시는 마주치지 말자고. 이렇게 갈 사람은 가고 버틸 사람은 버티는 곳, 그런 곳이 회사였다. 그 회사를 나왔던 날 밤, 나는 이런 일기를 썼다.

　당신을 너무 많이 생각하지 않기로 했습니다.
　당신의 기분을 살피느라 내 기분을 하찮게 여겼습니다.
　당신의 마음을 헤아리느라 내 마음을 생각할 시간이 없었습니다.
　당신을 화나지 않게 하느라 내 화를 다스릴 길이 없었습니다.
　당신을 기쁘게 하느라 나는 지쳐 갔습니다.
　당신을 만족 시키느라 내 만족이 뭔지 모르고 살았습니다.

　너무 많은 날 동안 당신을 위해 살아오느라 정작 내가 뭘 원하는지, 나는 어떤 것을 좋아하는지, 나는 어떨 때 행복한지 생각하지 못했습니다. 지독한 몸살로 누워서도 내일 출근할 생각을 하며 골머리를 앓던 날 생각했습니다. 당신은 회사의 부품인가. 나는 부품의 을인가. 아파서 생긴 하루의 휴가조차도 내일의 을 노릇을 위해 누워 있어야만 하는가.

꿈을 꿨습니다. 꿈에서 누군가 내가 좋아하는 맛있는 딸기를 갖다주었습니다. 너무 맛있어서 꿈에서 깬 후 딸기 한 바구니를 사다가 혼자 다 먹었습니다. '아 나는 딸기를 참 좋아하는구나.' 하는 생각을 몇 년 만에 해 보았던지요. 당신의 기분이 내 기분이 되고 당신의 말이 나의 하루가 되어 가는 동안 나는 나를 잊어갔습니다. 딸기가 너무 맛있어서 좋아하는 것들에 대해 더 생각해 보기로 했습니다. 어디서부터 잘못된 건지 더 이상 분석하지 않기로 했습니다. 뭔가 잘못되고 있다는 걸 알았으니 과거는 생각하지 않기로 말입니다. 여행, 산책, 스피커, 아이스 바닐라 라떼, 나무, 운동화…. 좋아하는 것들을 생각하니 절로 미소가 납니다. 언제 이렇게 미소 지었나 떠올려 보니 회사 속에서 쓰임이 있을 때 나는 비로소 웃을 수 있었습니다. 당신과 나는 쓰임이 있어야만 비로소 웃을 수 있는 부품이 아닌데도 우리는 오랜 시간 동안 부품을 자처해서 살아온 것 같습니다. '직급이 올라가면 조금 나은 부품이 될 것 같아서', '월급 20만 원이 오를 테니까' 하는 보잘것없는 이유 때문에 기계처럼 일해 왔네요.

당신도 다른 사람들을 너무 많이 생각하지 않았으면 합니다. 당신은 쓰임이 있어야만 비로소 웃을 수 있는 부품이 아닙니다. 당신은 하나의 온전한 인격이며, 완전한 기분이며, 유일한 마음입니다. 탄생만으로도 충분한 단 하나의 만족이고 최대의 기쁨입니다. 이 사실을 언제나 기억했으면 합니다. 유일한 나를 인정하는 것은 유일한 당신을 인정하는 것이고, 유일한 모든 각자를 존중하는 일입니다. 이렇게 모두가 서로를 인정하고 존중한다면 쉽게 말 한마디 할 수 있을까요? 쉽게 자기 생각을 강요할 수 있을까요?

이제부터는

나의 기분을 살피기로 합니다.

나의 마음을 헤아리겠습니다.

나의 화에 관심을 가지고 다스려 보겠습니다.

나의 기쁨을 우선순위에 두겠습니다.

나는 어떤 것들에 만족하는지 생각해 보겠습니다.

나를 제일 많이, 제일 먼저 생각하겠습니다.

당신도 그랬으면 좋겠습니다.

나보다 직급이 높은 한 사람의 말이, 많은 사람의 말이 나에게 제일 중요하지 않다. 나에게 제일 중요한 건 나의 생각이고, 내가 제일 걱정해야 할 건 나의 마음이다. 당신의 마음을 가장 잘 알 수 있는 건 바로 당신 자신이고, 자신의 마음을 알아야 다른 사람의 마음을 헤아릴 수 있다. 우리는 모두 자신을 더 많이 생각해야만 한다.

말하려다 삼키는 마음

　'전송' 버튼을 누르려다 머뭇거린다. '내가 이 말을 해도 될까?' 하는 생각에 결국 채워진 글자들을 지우고 만다. 말 한마디를 앞에 두고 수십 가지의 생각을 덧붙인다. 오늘도 나는 말을 하려다 삼키고, 글을 썼다가 지운다. 삶의 경험이 늘어날수록 말 한마디를 무기처럼 사용하는 사람들을 목격한 횟수가 쌓여갔다. 내가 한 말이 누군가에겐 상처가 되었겠구나 하고 생각한 건 내가 그 말들에 상처를 받기 시작하면서부터였다. '내가 아무리 완벽한 삶을 살고 있다고 자부해도 누군가에겐 개새끼일 수 있다.'는 어느 드라마의 대사처럼 나도 누군가에겐 개새끼일 수 있다고 생각하니, 말이라는 게 그렇게 어려울 수가 없다. 하고 싶은 말을 참아서 미래에 생길 상처를 하나라도 줄일 수 있다면 차라리 말을 삼키는 게 낫다는 사실을 몸서리치게 통감했다. 상처를 받기 싫은 만큼 상처를 주는 것도 싫어진 것이다.

드라마 '응답하라' 시리즈를 무척 좋아한다. 해가 저물 무렵, 집집마다 밥 짓는 냄새를 풍기며 골목에서 놀고 있을 아들딸을 목청껏 부르는 풍경이 이제는 한 시대를 추억하는 드라마가 되었다. 추억 속 이들이 상대에게 하고 싶은 말을 하기 위해선 소리 내어 누군가의 이름을 부르거나 손이 아프도록 꾹꾹 눌러 편지를 써야만 했다. 말 한마디를 전하기 위해 낮이 밤이 되어 가도록 누군가의 집 앞에서 기다리는 것도 마다하지 않았다. 고등학교 때 좋아하는 사람에게 편지 하나를 전하기 위해 한 달 내내 친구들과 계획을 짠 후 편지를 주고 돌아서는 그 길의 설렘을 잊을 수가 없다. 낡은 기억 속 좋아했던 이름 모를 누군가의 얼굴이 또렷이 기억이 나는 건 그때의 귀한 마음을 어렵게 전해서가 아닐까. 지금이라면 상상도 할 수 없는 이런 기억을 가졌다는 게 때로는 뿌듯할 정도로 따뜻하다. 정성스럽고 힘들게 전해야 했던 그 어려운 말들은 이제 모두 레트로 낭만이 되었다.

이른바 '카카오톡 시대'가 밝고 새 시대의 주역인 90년대생이 서른이 되는 동안 세상은 참 많이 변했다. 우리의 낭만은 혼술로 대체되었고 그 시절 낭만은 "라떼는 말이야"라는 뉴트로 개그로 승화되어 인기를 누리고 있다. 타인에 대한 이야기는 TMI(Too Much Information)로 분류되고, 이미 뱉은 말도 손

　　　　　　　　나는 네가 무겁지 않게 살았으면 해

만 재빠르면 삭제할 수 있다. 뱉은 말까지 주워 담을 수 있는 세상이라니 말 한마디가 얼마나 쉬워진 걸까. 그러나 이 편리하고 좋은 세상에서 모든 것이 지겹고 무료할 때가 많아졌다. 내가 발품을 팔아 발견한 감동적인 맛을 가진 밥집도 인스타그램을 여는 순간 나만의 감동이 아니라는 걸 알게 된다. 시시해진다. 오죽하면 혼자 먹으면 맛도 없던 술이 혼자 마실 때 확실한 행복을 줄까. 너무 많은 말들이 가벼이 오고 가는 세상이어서 사람들은 화살처럼 날아다니는 말들을 피해 기꺼이 혼자 있기를 선택한다. 나는 어쩐지 이렇게 쉽고 예쁜 세상이 짠하다. 하고 싶은 말은 누구나 쉽게 할 수 있는 세상이라서, 삭제하기도 쉬운 가벼운 말들 때문에 상처 입는 사람이 속출하고, 퇴근 후 업무 카톡 금지를 법으로 규제해야 한다니. 얼굴을 마주 봐야만 욕이라도 전할 수 있었던 시대의 말이 참 그립고 인간적으로 느껴진다.

날씨가 쌀쌀해지면 나도 모르게 드라마 응답하라 시리즈를 보게 된다. 작년 겨울, 4번도 넘게 봤던 그 드라마를 어김없이 또 보고 있던 나에게 친구는 물었다.

"우리는 왜 자꾸 이 드라마만 보면 푹 빠져서 보게 되는 거지? 심지어 볼 때마다 울컥해."

나는 답했다. "따뜻해지잖아."

나의 대답에 친구는 완전히 납득이 됐다며 더 이상 말을 잇지 않고 다시 드라마에 집중했다. 우리가 계속해서 따뜻하고 울컥하는 것들을 찾는 이유는 말은 가벼워지고, 마음은 차가워진 세상이라 본능적으로 마음을 데우는 것을 찾는지도 모르겠다. 그래도 우리에겐 어렵고 따뜻한 말의 기억들이 있으므로.

오늘도 썼다가 지운다. 말하려다 삼킨다. 누군가에게 상처가 될지도 모를 말을 내뱉기보단 차라리 말을 아끼기로 한다. 말을 잘하는 사람보다는 말을 따뜻하게 하는 사람이 되고 싶다. 말을 많이 하기보다는 꼭 필요한 말을 제때 잘 전하는 사람이 되고 싶다.

나는 네가 무겁지 않게 살았으면 해

불가능을 끌어안지 말 것

어느 드라마의 "나이를 먹으면 순순히 패배를 인정하게 되어 좋아."라는 대사에 고개를 끄덕였다. 지금 내 마음 빈자리에 꼭 맞는 조각처럼 와닿았다. 나는 요즘 갖가지 패배들을 순순히 인정하는 중이다. 나는 나에게 졌다. 아직도 버리지 않았던 마음속 일말의 기대에게 완전히 지고야 말았다. 사실 몇 해 전까지만 해도 패배를 인정하지 못했다. "그래도" 내 인생이 그럴 리가 없다고 생각했다. 그 작은 기대감이 자꾸 나를 인정하지 못하게 만들었다. 이제야 생각한다. 진짜 위로는 "아니야, 그래도 잘 될 거야."가 아니라 "잘 안돼도 돼. 그냥 이대로 살아도 괜찮아."라는 걸. 순순히 패배를 인정하고 내 앞에 놓인 현실을 직시하는 것이란 것. 순순히 패배를 인정하기까지 나는 나 자신을 위로하는 방법을 잘 몰랐다.

자주 상상했다. 상상으로 도피하고 기대로 회피하다 보니 '왜 내겐 다른 사람들에게 주어지는 것들이 주어지지 않는가.'라는 생각에 괴롭기만 했다. 캠핑이 하고 싶으면 운전을 배우고, 돈을 벌고, 좋은 캠핑지를 찾는 노력을 해야 했다. 여행이 가고 싶으면 돈을 모으고 내 마음이 어디로 향하는지 파악해야 했다. 사람을 만나고 싶으면 사람들이 많이 있는 쪽으로 가야 하고, 기꺼이 안부를 묻고, 만나는 노력을 하고, 이야기 나눴어야 했다. 그러나 원망에 빠져, 남들에겐 쉬운 일들이 왜 나에게만 어려울까 생각했다. 나에게 주어지지 않는 것들을 끌어안고 괴로워하기만 했던 것이다.

불가능한 것들을 끌어안고 왜 안 되냐고 끝없이 물어도 답은 없었다. 계속해서 질문하고 답을 하느라 체력만 바닥날 뿐이었다. 좋아하는 것 중 소소하지만 지금 당장 가능한 것들을 찾아본다. 작고 가능한 것들을 계속해서 해나가며 '가능함'을 익혀본다. 어제의 가능에 오늘의 가능이 합쳐져 나를 긍정하게 된다. 그 모든 것이 쌓여 지금의 내가 되고 어느 날 불가능했던 것들이 하나둘 가능의 영역으로 들어온다. 지금 힘이 나지 않는 당신이라면 불가능을 생각하기엔 아직 무리다. 일단 작은 가능을 찾아야 한다. 작은 가능을 끌어안자. 가능한 것들로 오늘을 보내보자. 작은 가능과 아주 작은 기쁨으로 하루를 마무리하는 거다. 오늘의 작은 가능은 시를 10편 읽은 것. 그 시가 아주아주 마음에 들었던 것.

작은 가능들이 모여 나의 더 큰 가능을 가능하게 만든다. 불가능을 끌어안는 일은 나를 더욱더 불가능의 영역으로 데려갈 뿐이다. 가능한지 불가능한지를 먼저 판단한 다음 가능을 끌어안자. 그것이 아주 작은 것이라도.

불가능을 끌어안지 말아요, 우리.
남들의 만족을 위해 나를 고쳐가며 사는 일은 나를 껍데기로 만드는 일이다.

야, 우아한 싱글이란 건

TV 프로그램 [나 혼자 산다]는 싱글들의 여러 가지 일상을 볼 수 있는 예능 프로그램이다. 그중 가수 손담비와 여러 배우로 구성된 싱글 친구들의 일상이 특히 눈에 띈다. 내 나이 또래의 결혼하지 않은 여자들이 서로의 생일을 챙겨 주고 함께 여행을 가거나 때로 서로의 이사를 돕기도 한다. 그뿐만 아니라 각자의 부모님도 함께 신경 써 챙기기도 하고, 무슨 일이 생기든 필요로 할 때 서로의 일상에 나타나 준다. 언제든 함께할 수 있는 사람이 있다는 것, 너무 부러웠다.

우리는 실제로 그렇게 크고 많은 꿈을 꾸며 살아가진 않는다. 우리가 바라는 건 지금 먹고 싶은 것을 함께 먹을 사람, 여행을 가는 것, 생일을 챙겨 주는 사람이 있는 것, 나를 좋은 사람이라고 생각해 주는 것 등 아주 사소하지만 알고 보면 삶의 전부인 그런 것들이다.

나는 네가 무겁지 않게 살았으면 해

꼭 결혼을 해야 한다고 생각하진 않는다. 결혼이란 제도나 보이는 모습보다는 언제든, 무엇이든 함께할 사람이 있다는 게 부럽다. 그런 의미에서의 결혼이라면 굳이 비혼주의를 들먹이며 마다하고 싶지 않다. 결혼을 아직 안 했다는 사실만으로 어딘가 한쪽이 부족한 사람으로 인식되는 것에는 이제 그다지 마음이 상하지 않는다. 그렇게 생각도 하지 않을뿐더러 실제로 그런 이유에서 결혼을 못 한 게 아니니까. 그러나 이제 더 이상 일상의 전반적인 일들을 함께할 사람이 없다는 사실에는 언제고 기분이 시무룩해지곤 한다.

친구 중에 모든 대화의 끝을 "결혼하지 마."라는 말로 끝내는 친구가 있다. 친구는 항상 지금 자신의 삶이 불행하진 않지만 '출산을 여자가 하는 이상 결혼이란 건 모든 여자에게 마이너스'라는 지론을 펼친다. 하루는 갑자기 배가 아프다고 하더니 병원을 가야겠다며 서둘러 자리를 떴다. 그날 저녁 걱정이 돼 전화를 했더니 둘째가 생긴 줄 알고 허겁지겁 병원엘 갔더라는 것이다. "아깐 둘째 생긴 줄 알고 기절할 뻔했어. 야 게임이 재미없어, TV가 재미없어? 하고 싶은 거 다 하면서 마음껏 즐기고 살아. 결혼은 절대로 안 돼." 친구의 결혼하지 말란 말은 결혼한 사람들이 으레 하는 투정쯤인 줄 알았는데 이번엔 매우 진지해 보였다. 다른 사람들은 투정일지 몰라도 자기 말은 믿어야 된다며 극구 결혼을 반대했다. 하지만 나는 여전히 이해가 가지 않았다. 불행하지 않다면서 왜 그렇게 하지 말란 건지.

결혼한 사람들을 만났을 때 늘 듣는 이야기가 있다. "우아한 싱글이 좋지, 넌 절대로 결혼하지 마.", "멋지게 일하고 언제든 친구들도 만나고 놀 수 있잖아! 그렇게 사는 게 훨씬 멋져."

확실히 자유롭긴 하다. 아이도 없고 남편도 없으니 넘어뜨릴 골이 이제는 함께 늙어가는 엄마뿐이다. 그것 외엔 사람들이 말하는 우아한 싱글이란 건 TV 속에서나 나오는 모습이다. 우리 엄마가 맨날 하는 말이 있다. "이왕 혼자 살 거면 돈이라도 많이 벌지 그랬냐? 이것저것 다 없는데 돈이라도 있어야 혼자 살지." 결정적으로 나는 우아한 싱글을 보내기엔 돈이 없다. 그리고 이제 함께 놀아 줄 싱글 친구가 없다. TV 속에서처럼 언제든 서로를 챙기고 함께할 수 있는 친구들이 있다면 사람들이 말하는 우아한 싱글로 반짝거리게 살 수 있을 것 같다. 하지만 현실 속에서는 언제든 연락할 친구가 있다는 게 결혼보다 힘들다. 마음이 잘 맞으면서 인생의 가치관이 같고 서로 능력이 있어 함께 사십대를 보낼 수 있는 친구가 있다는 게 결혼할 남자를 찾는 것보다도 더 힘들다.

불과 2년 전까지만 해도 외로운 게 뭔지 잘 몰랐다. 각자의 앞날에 대한 고민을 언제든 서로 들어주는 친구들이 주변에 많았기에 나이를 한 살 먹어도 외로움의 깊이가 엄청나게 깊어지지는 않았다. 그러다가 어느 순간 한꺼번에 사라진 사람들의 자리가 점점 공허해지고 있다는 느낌이 들었다. 퇴근 후나 주말, 처음으로 심심하다는 생각을 하게 되었고 처음으로 넷플릭스를 결제했다. 여자지만 쇼핑 세포는 없다던 내가 필요한 것도 없는데 계속 뭔가를 사게 됐다. 쇼핑을 왜 하는지 처음 알았다. 게임이며 웹툰, 책 구독을 섭렵하고 십 년이 지난 드라마를 다시 보기 시작했다. 이것저것을 해도 모자란 날에는 창이 큰 카페로 가서 바람에 흔들리는 나뭇잎을 한 시간이고 쳐다보기도 했다.

　모든 대화의 끝을 결혼하지 말라는 말로 끝내는 친구를 오랜만에 다시 만났다. 날씨가 좋아 커피를 한 잔 사서 선유도 공원에 갔다. 그날도 역시 친구는 주변에 사람들도 많고 늘 즐기며 사는 내가 부럽다며 결혼하지 말고 지금처럼만 우아하게 싱글로 살라고 했다. 그놈의 우아한 싱글생활! 외로울 대로 외로워져 울컥한 나는 친구에게 말했다.

　"야, 너 결혼하고 우리 일 년에 몇 번 보냐? 한 번? 내 모든 아는 사람들이 지금 딱 그래. 다들 자기 애 키우느라 날 볼 시간이 없어. 난 엄마의 기분은 모르지만 이 나이에 혼자인 기분은 알아. 게임도 재미없고 사랑 노래도 듣기 싫어. 좋아하는 영화 몇 개 빼놓곤 다 공감이 안 돼. 즐기며 사는 게 어떤 거야? 예전엔 즐거웠던 대부분의 것들이 이제 다 시시해. 나는 이제 어떻게 혼자인 나를 먹여 살릴지, 혼자 어떻게 시간을 보낼지, 최대한 지질해 보이지 않게 혼자서 어떻게 이 외로움을 견딜지, 그런 것밖에 생각할 게 없다? 나는 친구가 보고 싶은데 친구 만나면 친구는 아기 얘기만 해. 나만 이해해야 돼. 육아는 힘드니까. 근데 싱글이 힘들다고는 왜 생각 못 해? 나도 이해받고 싶고 나도 내 얘기 들어줄 사람이 필요해. 밥 혼자 먹는 거에 익숙해지는 거, 여행 같이 갈 사람이 없어서 혼자 여행 다니며 득도하는 거, 왜 결혼 안 했냐는 질문에 매일 대답하는 거, 외로운 거 티라도 안 나야, 인생 즐기며 사는 척해야 그나마 한 자락 자존심이라도 건지는 거, 그게 우아한 싱글인 거야. 알겠냐?"

친구는 결혼하지 않은 40대 언니에게 똑같은 말을 들은 적이 있다며 그제야 끄덕거렸다. 아이를 낳고 키우는 게 힘들어 무작정 나를 부러워했다고 했다. 남의 맘 모르는 남처럼 굴어서 미안하다고, 너도 진짜 힘들겠다고 말하며 맛있는 저녁을 사 주었

나는 네가 무겁지 않게 살았으면 해

다.

결혼을 한다고 해서 힘들고 결혼을 하지 않는다고 해서 마냥 자유로운 것은 아닌 것 같다. 우리는 모두 보이는 것의 이면에 숨겨진 많은 것들에 대해 잘 알고 있다. 하지만 삶에선 언제나 자신의 문제가 가장 큰 문제이고 자신의 힘듦이 가장 무겁다. 가장 크고 무거운 문제들이 언제나 내 앞에 있어 다른 사람의 이면까지 들여다볼 여력이 없다. 지친 상태에서 다른 사람들을 보면 그저 자신이 가지 못한 그 길들이 반짝거리고 우아해 보일 뿐이다. 실제로는 많은 사람이 가는 길로 가지 않는 사람들의 길이 조금 덜 우아할지도 모른다. 소수라는 건 언제나 '나만 이상한가'의 늪에 빠지기 쉬운 약자이므로.

그래도 이왕 지금까지 싱글로 사는 거 우아한 싱글이 되고 싶다. 보이는 것만 그런 게 아닌 진짜로 우. 아. 한 싱글 말이다.

우리가 지나치는 것들

내 일상에도 감탄할 순간이 많았던 것은 하루의 틈마다 기꺼이 쉬어 가며 하늘을 바라봤던 탓이다. 우리의 삶에서 진짜 중요한 건 우리가 지나치는 바람 속에, 내가 좋아하는 운동화의 취향 속에, 차를 타고 지나치는 모든 것에 있을지도 모른다. 우리가 "좋다"라고 느끼는 것들은 세상에 없던 새로운 것이 아니라 우리의 일상 속에서 한 번쯤 지나쳤었던 것들에 있다. 모든 것에 늘 경이로움을 표하며 살아갈 순 없지만 우리가 스쳐 갔던, 잊어가는 소중한 것들을 발견하는 연습을 한다면 분명 나의 일상이 조금은 덜 시시하게 느껴질 것이다.

우리는 너무 빨리 가고 있기 때문에,
쉬는 것을 자주 잊어버리기 때문에,
쉴 시간이 생겨도 쉴 줄 모르기 때문에,
자신에 대해 생각할 시간이 없기 때문에,

나는 네가 무겁지 않게 살았으면 해

길을 가는 방법 중에는 [빠르게], [천천히], [두리번거리며], [쉬었다가 다시] 등의 여러 방법이 있다는 사실을 자꾸 잊어버리기 때문에,

나만 빼고 다들 뛰어가는 것 같기 때문에,

아이폰이 너무 좋기 때문에,

그리고,

지나치는 것들을 눈여겨보지 못한 채 매일이 반복되기 때문에 그것들의 소중함을 알지 못하고 뭉텅 나이를 먹음으로 시간의 흐름을 느끼게 된다. 잠깐 멈추어야 뒤를 돌아볼 수 있듯, 달리던 차를 멈추고 창문을 열어야 무지개를 보고 바람을 느낄 수 있듯, 이제 우리에게 필요한 건 잠깐 멈춰 서서 우리가 지나치는 것들에 대해 생각해 보는 게 전부일지도 모른다.

언제든 멈추기로 마음먹은 뒤에는 위염이 줄었다. 무리하지 않게 되었다. 내 마음에 더 집중할 수 있게 되었다. 언제든 무너질 것 같았던 마음의 벽이 조금씩 단단해진다. 다시 쌓아 올릴 각오로 개운하게 절망할 수 있다면 절망마저도 반갑게 맞이할 수 있다. 우리가 지나치는 것들에 대해 기억해 내고 쓰고 싶다. 경이로운 순간은 의외로 우리 주변에 있다. 늘 지나치던 것들을 지나치지 않고 바라보던 곳에 있다.

퇴근길 지하철 안에서 보았던 노을, 갑자기 주어진 평일의 휴가, 우리 집 옥상에서 보는 하늘, 출근길에 지나치는 선유도 공원, 북적거리는 약속을 거절하고 돌아오던 길에 발견한 낮달, 백수 시절 시간이 많아 걷다가 발견한 골목 모퉁이의 예쁜 의자 세 개, 매번 오르내리던 계단의 핑크빛 컬러, 길을 잃어 탔던 버스에서 보였던 아름다운 풍경, 의도하지 않게 눈길을 뗄 수 없었던 일상 속의 모든 것들에 대해 말이다.

인싸의 자리를 지키고 열망하느라 붉게 달아오른 마음으로는 절대 모를 자발적 아싸의 관점으로.

무겁지 않게 살았으면 해

고민되는 문제가 있거나 스트레스를 받을 땐 잠을 자는 동안 이를 꽉 깨물고 잠을 잔다. 그런 밤을 보낸 아침이면 입속에 남은 선명한 이빨 자국과 그 탓에 헐어버린 입속을 발견한다. 그럴 때마다 자면서 조차도 이를 악물고 버티는 내가 너무 짠하게 느껴진다.

'위로'를 키워드로 친구들과 이야기를 나눈 적이 있다. 타인의 어떤 말이 가장 위로가 되었는가 하는 질문에 친구 S는 "난 네가 무겁게 살지 않았으면 해."라고 대답했다. 이 말이 나에게도 오래도록 기억에 남는 이유는 내가 좋아하는 사람들을 늘 이런 마음으로 대하기 때문이다. 물론 나 자신에게도. 이 말은 '가볍게 살아도 된다.'라는 말과는 조금 온도가 다르다. 지금보다 삶이 덜 무겁기를 바라는 언니 같은 마음, 누나 같은 마음이다. 무관심한 사람들에게 대충 대답하는 진심 없는 위로가 아닌, 누군가를 향한 따뜻하고 깊은 관심이 담긴, 흐르는 물결 같은 마음이다. 위로가 카테고리별로 즐비한 시대 속에서도 사람들이 그토록 애타게 위로를 찾아다니는 이유는 뭘까 하고 생각해보면 간단하다. 우리는 조금 더 가볍게 삶을 대할 필요가 있다.

　모든 걸 가볍게만 생각하라는 뜻이 아니다. 뭘 어떻게 살아야 한다는 강제성도 없다. 그저, 나처럼 인생이 너무 무거워서 그 무게에 자주 짓눌리는 사람이라면 지금 당장, 조금이라도 가벼워지자는 말이다. 타인의 말이 무겁게 들리고, 타인의 감정이 부정적으로 느껴진다면, 당신은 지금 그 사람과 관련된 일상을 매우 무겁게 살고 있는 것이다. 회사가 나의 전부가 되면 그 속에서의 말 한마디가 무거워서 퇴근을 하고 주말이 되어도 그 말의 무게에 짓눌려 지내게 된다. 친구들이 내 일상의 전부가 되면 친구의 가벼운 행동 하나 때문에 까만 밤을 하얗게 지새울 가능성이 크다. 나 자신을 무겁게 생각해도 마찬가지다. 나 자신의 지나간 행동 하나와 말 한마디를 곱씹어 고민하느라 원하는 대로 행동하지 못하고 타인이나 외부의 기준에 자신을 맞추다가 어느 날 불행한 자신의 얼굴을 마주하게 될 것이다.

　무겁지 않게 살았으면 좋겠다는 말은 타인에게 베푸는 관용

　　　　　　　　　　나는 네가 무겁지 않게 살았으면 해

을 자기 자신에게도 베풀고, 타인에게 하는 위로만큼 아니, 더 많이 자신을 위로하자는 말이다. 어느 드라마의 "우리 너무 이 악물고 살지 맙시다. 턱 아프잖아."라는 대사처럼 꽉 쥔 두 손을, 악물었던 이를 조금 풀자는 말이다. 삶의 모든 순간 이를 악물고 산다고 해서 더 좋은 삶을 살게 되는 게 아니다. 턱이 아플 뿐. 이 악물 땐 물더라도 자주 쉬어갔으면 좋겠다. 두 손 꽉 쥘 땐 쥐더라도 늘 주먹을 쥐고 살지는 말았으면 좋겠다. 주먹 쥘 일이 많아도 펼치려는 노력을 자주 하며 살았으면 좋겠다. 나는 당신이 조금이라도 덜 무겁게, 이왕이면 무겁지 않게 살았으면 좋겠다.

가볍게 생각하고
가볍게 지나가기

초판 1쇄 인쇄 2021년 10월 8일
초판 1쇄 발행 2021년 10월 13일

지은이 이현진
펴낸이 김동혁
펴낸곳 강한별 출판사

책임편집 이우림 **디자인** 방하림
일러스트 한지현 **기획팀** 서가인

출판등록 2019년 8월 19일 제406-2019-000089호
주소 경기도 파주시 탄현면 헤이리마을길 21-7, 3층
대표전화 010-7566-1768 **팩스** 031-8048-4817
이메일 good1768@naver.com

ISBN 979-11-974725-3-4 (03810)
· 책 값은 뒤표지에 있습니다.
· 파본 도서는 구입하신 서점에서 교환해드립니다.
· 이 책의 일부 또는 전부를 재사용하려면
  반드시 강한별 출판사의 동의를 얻어야 합니다.